三谷幸喜のありふれた生活6

役者気取り

三谷幸喜

朝日新聞社

三谷幸喜のありふれた生活6　役者気取り・目次

装丁・挿画　和田誠

三谷幸喜のありふれた生活6　役者気取り

助演絶品のミュージカル映画

公開された映画「プロデューサーズ」は、舞台版「プロデューサーズ」の映像化で、舞台版「プロデューサーズ」は、メル・ブルックスの映画「プロデューサーズ」（ただし、こちらはストレートプレイ）のミュージカル舞台化である。どれも同じタイトルなので、ずいぶんとややこしい。

元の映画版「プロデューサーズ」はビデオで観《み》ている。十年ほど前に中古店で見つけた。ニール・サイモンの世界を思い切りドタバタにしたような、ハイテンポなコメディーだった。ブロードウェーが舞台のバックステージ物であるのも、僕の好みに合った。いかがわしいプロデューサー役がゼロ・モステル、彼とコンビを組む会計士がジーン・ワイルダー。二人ともこれ以上はないと思わせる適役（ビデオはなぜか日本語吹き替え版で、それぞれが富田耕生さんと広川太一郎さんという、これまた望み得る最高のキャスティングでした）。舞台は観る機会がなく、日本版も見逃した。そして今回のミュージカル映画版である。

役者を観る映画だと思った。もちろん話は面白いし、ミュージカルナンバーも結構、楽しい曲が揃《そろ》っている。だが一番の見どころはやはり俳優たちだ。主演のネイサン・レインとマシュー・ブロデリックは、舞台の初演メンバー。さすが何度もステージで演じて来ただけのことはあり、息が合っている。二人が部屋を出て行こうとしてドアに挟まれるシーンの見事さ。まさに阿吽《あうん》の呼吸。きっと舞台でも同じようなシーンがあったのではないか。

さらにこの二人に輪を掛けて素晴らしいのが、舞台演出家ロジャー・デ・ブリー役のゲイリー・ビーチ。この人のことは全く知らなかったのだが、舞台では有名な人なのか（彼もどうやら初演メンバーらしい）。「バンド・ワゴン」の演出家役ジャック・ブキャナン似の、かなり強面《こわもて》のオヤジなのだが（役柄も似ている）、女性のドレスを着て登場した瞬間から、完全に画面をさらっていく。

特にクライマックスの劇中劇「春の日のヒトラー」。役者が怪我《けが》をして急遽《きゅうきょ》代役で舞台に立つことになった演出家。その時の彼の喜びやときめきや照れのようなものまで、すべて手に取るように分かる。誰かが何かを演じるといったレベルは遥《はる》かに超えて、彼自身がそこに存在しているとしか思えない凄《すご》さ。日本であの味を出せるのは誰だろう。例えば西田敏行さん?

久々に観た、心から笑えるミュージカル映画。和田誠さんがいつかおっしゃっていたが、ミュージカルとはそもそも形容詞であり、ミュージカルの下にはかつてコメディーという言葉が続いていたらしい。そういう意味では、この「プロデューサーズ」はとてもミュージカルらしいミュージカルといえるのではないか。

ただ、最悪のミュージカルを作ってわざと大コケさせると、プロデューサーの元に大金が転がり込んでくるという、この物語の根本の部分の理屈が、僕にはまだよく理解出来ていない。誰か教えてください。

他人の日記の中の僕って

清水ミチコさんの新刊『私の10年日記』を読む。テレビ雑誌の連載をまとめたもの。十年分と聞くとただならぬ分量に思えるが、本のサイズは、おでんの汁を吸ってやや膨張したはんぺんくらいの大きさなので、持ち運びにも便利です。

まず、自分の名前が出て来るところを探す。えらく自意識過剰な人間に思われそうだが、やっぱり気になるではないですか。清水さんとは付き合いが長いし、珍しくプライベートでも仲良くさせてもらっている。なにしろ、清水家といえば、夫婦でお邪魔したことのある唯一のお宅なのだ。彼女の日記に僕が出て来ないわけがない。清水さんが、日頃僕のことをどう思っているのか。清水ミチコ作・演出・主演の「清水ミチコ物語」の中で、僕はどの程度の登場人物として描かれているのか。やはり一番気になるのはそこだ。

（まったく触れられていなかったら嫌だな）という思いと、（もし一度も名前が出て来なかったとしたら、逆にそれだけ僕のことを特別な人と思っている可能性もあるな）という思いが半々。

後者だとしたら、それはそれで煩わしいなとか、いろんなことを考えながら、ページをめくった。

　僕の不安をよそに、僕の名前は中途半端にところどころに出て来た。もの凄く頻繁でもなく、かといって意図的に省いたという感じでもなく。

そこから判断するに、彼女の中における僕の存在は、つまりは、まあ、別にどうってことないというのが、正解のようだ。
　初めて清水家に遊びに行って、野沢直子さんのお嬢さんに水を掛けられた話もあった。カラオケに誘われて、平井堅さんや椎名林檎《りんご》さんの前で歌った話も。
　それにしても、人の日記に自分の名前が出て来ると、結構ドキドキするものですね。人の日記を読むことなどないので、これは初めてのドキドキだった。
　自分の登場シーンを確認し、改めて頭から読み直す。つくづく思うのは、清水さんは、「研ぎ澄まされた感性」と「類稀《たぐいまれ》なる分析力」の持ち主であるということ。普通はどっちか一つだと思うのだが、彼女は両方兼ね備えている。

例えば一九九七年のある日。ゲタを履いて歩くとなぜ「カランコロン」と鳴るのか。彼女はそこに着目した。体重の掛かり方は同じはずなのに、なぜ左右で音が違うのか。そして「ゲゲゲの鬼太郎」の歌の出だしを採り上げ、「カラーンコローンカランカランコロン」は、よくよく考えると「右左右右左」となって右足の方が多く出ていると指摘する。こんなこと考える人、他に誰もいませんよ！

そういえば、日記の中で、清水さんは僕のことを「舎弟（?・）」と表現していた。自分で書いておいて「?・」もないだろうと思ったが、僕としてはその響きは結構気に入った。いつまでも清水姐《ねえ》さんの忠実な弟分でありたいと思います。

清水さんには、この連載の単行本化の時、和田誠さんと対談して頂いたりと、いろいろお世話になっているもので、今回特に持ち上げさせて頂きました。

久しぶりに妻と向かい合って

去年（二〇〇五年）の春から、映画の準備に撮影に宣伝、並行して舞台の演出、そして歌舞伎の作・演出と、立て続けに仕事が続いた。僕は脚本家なので、本来仕事は家でする人間だから、これは珍しい現象だ。

今は、次の舞台と映画の準備期間。久々に机の前に座って台本を書く毎日を送っている。

映画の宣伝活動で出演したテレビ番組で、美輪明宏さんと霊能者の江原啓之さんから「最近奥さんと一緒に朝食を取っていないでしょう」と指摘された。「もっと夫婦の会話を大切にしなさい」とのアドバイスも頂く。

当たっていたので驚いた。妻も映画とドラマが続いていて、二人で食卓を囲むということから、しばらく遠ざかっていたのは事実だった。

そもそも僕は朝が早い。たとえ書く仕事がない時でも、六時には目が醒《さ》めてしまう。一方妻は職業柄、多めの睡眠を心がけている。女優業に寝不足は禁物。だから大抵の場合、僕の方が先に

起きることになる。
　朝の芸能ニュースをテレビで観て、散歩がてら、近くのコンビニエンスストアに行く。その日に出た雑誌に一通り目を通し、スポーツ新聞を買う。妻には出来るだけ寝ていてほしいので、先に僕の朝食用のおにぎりを購入する。近所の公園でそれを食べながら新聞を読む。帰宅して再びワイドショーを観ていると、妻が起きてくる。彼女が入れてくれたコーヒーを飲んでから、僕は仕度《したく》をして仕事に出かける。そして一人残った妻は自分用のパンを焼き始める。それが、我が家の最近の朝の様子なのであった。
　考えてみれば、結婚十年目を過ぎ、妻と向かい合って食事をする機会がめっきり減っていた。たまに二人とも休みの日があっても、せっかくの休日なのに妻だけが家事に追われるのは、あまりに可哀想。そういう時は近所のお好み焼き屋さんに行くわけである。
　このところ夫婦ともども仕事が多少楽になったこともあり、美輪さんたちの言いつけを守って、最近は家で一緒に食事をするようになった。

自宅の食卓で、改めて夫婦で向かい合って座ると、なんだか照れくさいです。足元に目を移せば、犬一匹と猫三匹がうごめいているが、テーブルから上はまるっきり二人だけの世界。別に夫婦間に気まずい空気は流れていないのだが、やはりどこか落ち着かない。沈黙がイヤなのでラジオは必需品。ボケが進行中の老猫おとっつぁんが、たまにテーブルに飛び乗って料理に手を伸ばす。それを払いのける瞬間は、会話が途切れた時のいいアクセントになっている。

しかし考えてみると、二人で家にいる時間はあっても、正対して座るなんてことは、日常生活では、食事以外にはまずない。あとは将棋を指す時くらいか。僕らは将棋は指さないので、それはもう皆無ということである。

なんだか久しぶりに妻の顔をちゃんと見ているような気がした。食事をすること以上に、向かい合うということが大事なのかもしれない。

こんぴら歌舞伎へ一人旅

こんぴら歌舞伎に行って来た。香川県の琴平に、江戸時代に造られた芝居小屋がそのまま残っており、そこで年に一度行われるのが、こんぴら歌舞伎だ。今年（二〇〇六年）は「決闘！高田馬場」でお世話になった市川亀治郎さんが出演している。

四国に渡るのは初めて。せっかくだから瀬戸大橋を通って行こうと、陸路を選んだ。一人旅である。そもそも気を使うのも使われるのも苦手なので、連れがいないのは苦ではない。普段から友達とつるんで遊ぶ事《こと》はないし、日常生活の大半は誰とも会わずに、何かを考えているか、書いているか。つまりそんなに普段の生活と変わりがないのだ。

新幹線の中では、本を読んだり、次の仕事の構想を練ったりと、有意義な時間を過ごす。昼の二時に琴平に到着。だがホテルに入ったあたりから、快適だった一人旅に陰りが。

それはすべてにおいてサービス過剰なホテルであった。まずは支配人のご挨拶《あいさつ》。こっちは早めにチェックインして、観劇の前にぶらぶら町を探索したいのに、「まあまあそう言わず、一息ついて下さいな」とお茶が出る。玉露である。そして「今日は雨模様ですので、特別に芝居小屋までお車を出させて頂きます！」。

気を使ってくれるのはありがたい。それを喜ぶ人もいるだろう。しかし、せっかくの一人旅である。そっとしておいてほしいのが本音だった。「ぶらぶら歩いて行きたいので車は結構です」「そうおっしゃらず。帰りもお迎えに上がります！」。支配人は食い下がった。その瞬間、僕の中のへそ曲がりの部分がむくむくと首をもたげた。

「車は結構です！」とひたすら固辞。何と言われようと固辞。さらに「ご夕食はお部屋でご用意させて頂きます。お嫌いな食べ物はございますか」と聞かれたので、「食事は表で食べる予定なので結構です」と断った。本当は予定など入っていなかったのだが、こっちも意地だ。こうなったらすべてのサービスを断る覚悟でいた。ところがそれが仇《あだ》に。三時からの公演を観て、劇場を出たのが六時。普通なら、亀治郎さんとお酒でも飲むのが大人の付き合いなのだろうが、それも苦手なので、楽屋には寄らずに、電話でお礼だけ言って、ホテルに向かった。

道すがら、どこかで讃岐うどんでも食べて帰るつもりだった。ところが、あんなにあったうどん屋さんが、どこもかしこも閉まっている。商店街は六時過ぎで既に寝静まった状態。しかし今さらホテルの人に夕食を用意して貰《もら》うわけにはいかない。ラウンジで食べる手もあったが、もし支配人に見られて（あいつ、断っておきながら、あそこで食っているぜ）と思われたら嫌だ。コンビニでインスタントのうどんでも買うかと思ったら、コンビニもない！

打つ手なし。しょうがないのでホテルの土産物売り場で、乾き物とお饅頭《まんじゅう》を購入。それを部屋で食べて飢えをしのいだ。意地は張るものではありません。まあ、これも一人旅の醍醐味《だいごみ》か？

こんぴら歌舞伎についてはまた改めて。

芝居小屋で江戸時代を体感

こんぴら歌舞伎が上演されている金丸座は、江戸時代に出来たもの。多少の修復はあるが、ほぼ当時のままの形で残っている。そこで歌舞伎を観る楽しさ、贅沢《ぜいたく》さ。客席にいるだけで、簡単に三百年ほどタイムスリップ出来る。例えば、ディズニーランドに行ってジャングルクルーズに乗る時、僕は必ず（ここはアフリカの奥地なんだ）と思い込むようにしている。もちろんその方が楽しいからだが、冬の寒い夜に行った時は、みぞれが降りしきる中で、自分が今アフリカにいるんだと信じ切るのに、かなりの時間が必要となる。

それに比べてこんぴら歌舞伎は、幕が開いた時には既に気分は江戸の庶民である。頭には確実に見えないちょん髷《まげ》が乗っていた。芝居小屋というのは、それだけ日本人には入り込みやすい環境なのだ。

江戸時代を彷彿《ほうふつ》とさせる一番の効果は、明かりである。とにかく舞台が暗いのだ。確かに、電灯が発明されるまでは舞台も蠟燭《ろうそく》を使っていたのだ。暗いわけである。さすがに消防法があるの

で、当時のように本火を使っての舞台照明ではなかったが、出来るだけその雰囲気に近い形で、江戸時代の明かりが再現されていた。

　僕が観たのは昼間の公演だったので、自然光もいい具合に入ってきて、最初の演目「浮世《うきよ》柄《づか》比翼稲妻《ひよくのいなづま》」の長屋のシーンは、まるで昼間に隣の家を覗《のぞ》き見しているような臨場感があった。

　さらにその日は四月だというのにえらく寒かった。木造なので隙間《すきま》風が入って来るのだ。ジャングルクルーズではマイナスだったこの寒さも、こんぴら歌舞伎では吉と出た。（そうだよなあ、昔の人は、冷房も暖房もなかったんだよなあ）。そう考えると、まさに全身で江戸時代を体感した思い。

　芝居が始まって三十分ほどした時のこと。僕の席の脇に一人のお婆《ばあ》さんがやって来た。彼女は通路に正座して、舞台を観始めた。板張りなので寒いと思い、僕は座布団を差し出したが、彼女は「いえいえ結構です」と断った。遅れて来たお客さんかと思ったが、よくよく見たらモンペのようなものを履いている。どうやらボランティアで公演のお手伝いをしている地元の方のようだった。

お婆さんが現れてからまもなくして、舞台上では片岡市蔵さんが「金毘羅船々」を歌い出した。恐らく地元サービスなのだろう。客席は沸き、隣を見ると、お婆さんは手を叩《たた》いて喜んでいた。それが終わると、彼女はすばやく立ち上がり、いそいそと帰って行った。毎日観ているので、どの辺で歌になるか分かっていたのだ。

彼女の中では、こんぴら歌舞伎が確実に生活の一部になっている。彼女にとっての歌舞伎は、高尚なものでもなければ、過去の遺産でもない。まさにそれは生活に根ざした、身近な娯楽なのだ。江戸時代の人たちにとっての歌舞伎も、ひょっとするとそんな感じだったのかな、と改めて思った。

あのお婆さんを見かけることが出来たのは、ディズニーランドでミッキーマウスに会えたのと同じくらいラッキーなことでした。

あこがれていた特殊メーク

映画「THE有頂天ホテル」のDVDが発売される。日頃、映画のDVDを集めることくらいしか趣味のない僕にとって、自分の作品がDVDになるということは、まさに至福の喜び。最近はどれだけ特典映像（いわゆるおまけ）が充実しているかが、DVD選びの重要なポイントだ。だからこそ自分の作品の場合も、可能な限り「おまけ」には凝りたいと思っている。

今回の「おまけ」の目玉は、「製作四十周年記念特別インタビュー」。外国作品のDVDを観ていると、それが古い映画の場合、現在も存命中のスタッフやキャストにインタビューして、撮影当時の裏話を語ってもらう特典が時々付いてくる。「お熱いのがお好き」では、主演三人の中で唯一生き残っているトニー・カーチスが、とっくに七十は超えているはずなのに、やけに艶々《つやつや》の肌で取材に応じていた。

あれがやりたかった。そこで強引に今から四十年後という設定で、八十四歳になった僕が特殊メークで登場、当時を振り返るという構成のインタビュー番組を作ることにした。DVDのおまけのために、ここまでするケースはきっと珍しいのではないか。

何を隠そう、僕は特殊メークが大好きなのである。もともと人間の「顔」には興味があって、小学校時代の座右の書が、顔写真つきの人名事典だったくらいだ。そして変身願望も人一倍強い。中学生の頃、付け鼻付け髭《ひげ》でメキシコ人になりきり、街を練り歩いたこともあった。

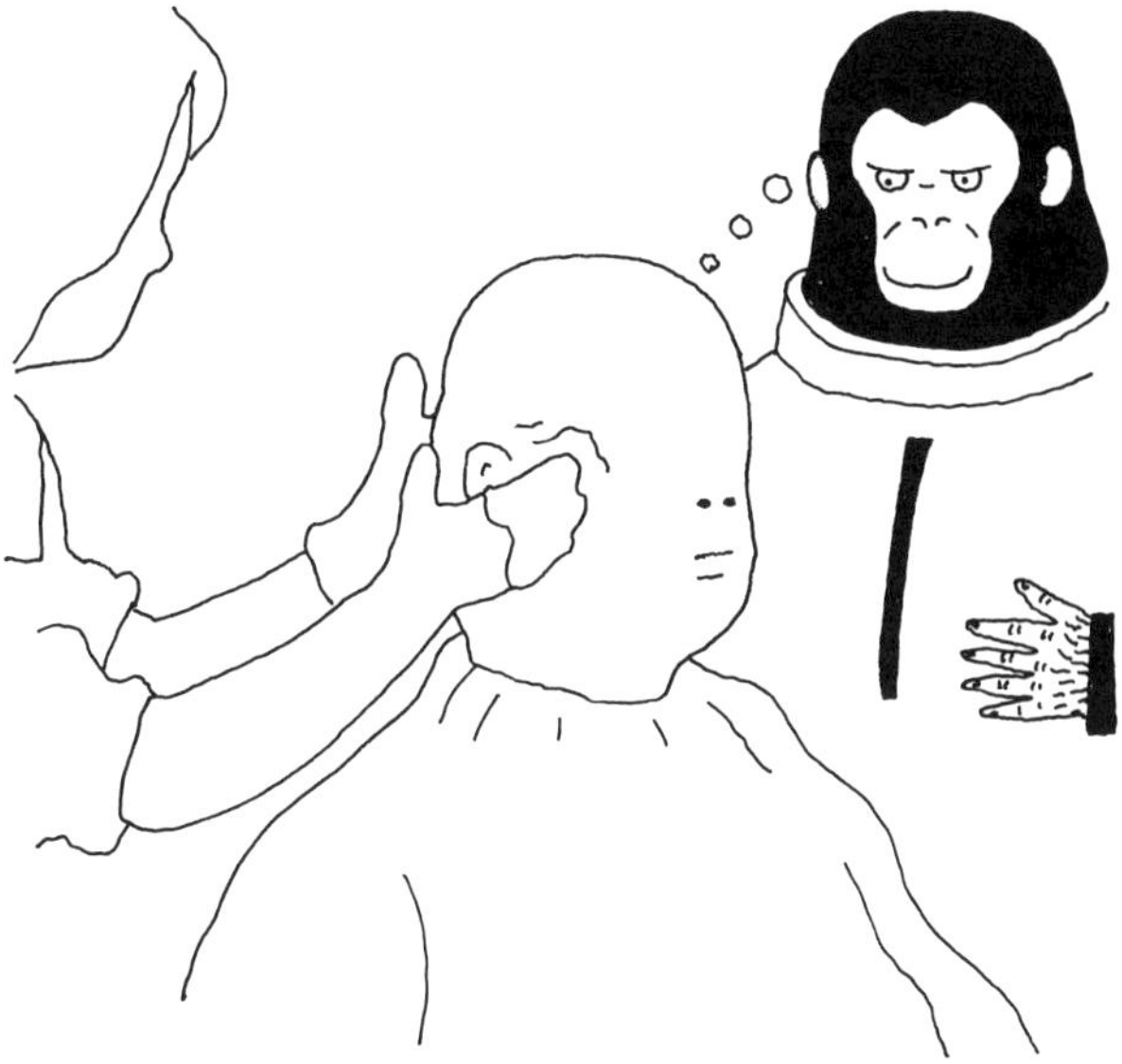

映画「小さな巨人」、テレビドラマ「ルーツ」「ジェーン・ピットマン／ある黒人の生涯」などでアメリカの特殊メーク技術の凄さを知ってからは、老人メークが出て来る映画は欠かさず観るようにしている。当然「猿の惑星」シリーズにもはまった。人間の顔をどういじれば猿になるか、映画のスチールを見て研究した。教科書に載っている石川啄木や与謝野晶子らの顔写真を、手当たり次第猿に変身させた。

「THE有頂天ホテル」で唐沢寿明さんやオダギリジョーさんの特殊メークを担当したのは、日本の第一人者江川悦子さん。伊丹十三さんの映画で彼女の存在を知ってから、いつか一緒に仕事がしたいと思っていた。ようやく彼女と知り合うことが出来たので、僕の顔も老けさせてもらいたいなと、密《ひそ》かに願っていた。その機会が遂《つい》にやって来たのだ。つまり本当のことを言えば、特殊メークがやりたいがために、今回の企画を思いついたというのが正解です。

特殊メークマニアから見れば、僕のような丸顔は老けメークには向いていない。変装名人といわれるアレック・ギネスやピーター・セラーズは皆、顔が長いのだ。しかし江川さんは、充分《じゆうぶん》僕でも老人になれると断言してくれた。

撮影の一カ月前、江川さんの仕事場にお邪魔して、顔の型を取った。ゴム製のキャップを被《かぶ》り、鼻の穴だけを残して、顔にアルジネイトという型取り専用のドロドロをぬりたくる。夢にまで見た、特殊メークの最初の工程である。（続く）

マスク装着、老人に近づく

初めての特殊メーク体験。

顔全体にドロドロ状の「山イモ」的物体を塗りつける。それが固まるまで約二十分間、じっとして待つ。鼻の穴以外は耳も目も塞《ふさ》がれている。いま地震が来たらどうしようとか、この特殊メーク班の人たちがもし悪の手下だったら、僕は一巻の終わりだ、とか妄想が膨らみ、秒刻みで息苦しくなる。

完全に音も光もシャットアウト。そこは沈黙と暗黒の世界だ。かつてこの顔面パックを体験した鈴木京香さんの言葉を借りれば、「まるで深海の中にいるみたい」（メーク担当の江川悦子さんから伺いました）。

徐々に顔の周りが凝固していく。固まるまでは、まったく顔の筋肉を動かしてはいけない。こらえ性のない、僕のような人間にはまさに地獄の責め苦。やってはいけないと思うと逆に鼻の頭がやたら痒《かゆ》くなり、ピクピクと動かしたい衝動に駆られるが、ここで動かしたら妙に鼻のでかい

顔になってしまうので、ぐっと我慢。
　そして型をはずした時の解放感！　顔中を圧迫していたものが一瞬にして消え去り、様々な情報が一斉に脳内に飛び込んでくる。生まれ出《いで》た瞬間を思い出したような気がした。そういえばあの時も、言葉にならない爽快《そうかい》感だったなあと、覚えているわけのない記憶が蘇《よみがえ》った。鼻の毛穴の脂肪が一緒に取れて、型の裏側に氷柱《つらら》のようにくっついているのではないかと不安になり、そっと確認してみたが、大丈夫でした。
　一カ月後。再び作業場を訪れる。前回取った型を基に作った、僕のライフマスクがそこにあった。自分の顔をここまで客観的に見たことがなかったので、かなりの衝撃。その部屋には、様々な俳優さんの顔の型が飾ってあった。石坂浩二さんもいれば津川雅彦さんもいた。哀《かな》しいことだが、そのどの型よりも、僕の型は一回り大きかった。そして凹凸が微妙に緩かった。締まりのない自分の顔を見ながら、（これは、やはり人前にさらせる顔ではないなあ）と深く反省。

型を使って作成した老人メーク用のマスクを、顔に装着する。老けメークというのは、瞼《まぶた》とか頬《ほお》とか、部分部分を貼《は》り付けるのではなく、顔全体をすっぽりとマスクで覆ってしまう。そうすることで、全体の皮膚感に統一感が生まれ、メークそのものの時間も短縮されるのである。

老人の皮が、僕の顔の上に細かく細かく糊《のり》づけされていく。ぴったり貼り付けなければ、微妙な表情が出せない。映画の現場でも驚いたことだが、このマスクは実は使い捨て。完全に肌に密着させるので、剝《は》がす度にボロボロになってしまうのだ。唐沢寿明さんの頭も、オダギリジョーさんの額も、津川さんや近藤芳正さんの耳も、撮影の度に新しいものを使っていた。

二時間後、目の前の鏡の中に、四十年後の自分が現れた。この段階ではまだ髪も眉もない老けた赤ん坊状態だが。

この話、もう一週だけ続きます。なにしろ特殊メーク好きなもので。

自由で幸せだった老人体験

ようやく完成した老けメーク。制作期間一カ月。鏡の中に現れた四十年後の自分は、顔全体に深い皺《しわ》が刻まれ、総白髪がアインシュタインのように総毛だっていた。眼鏡を掛けてみると、母方の大叔父（祖父の弟）と、今年九十一歳になる祖母に面影が似ていた。

ドラマや映画を観ていると、凝ったメークのわりには、まるで本当の老人に見えないことがたまにある。あれはメーク技術というより、むしろ演者に問題があると僕は思う。表情がなさ過ぎるのだ。「猿の惑星」シリーズでコーネリアスを演じたのはロディ・マクドウォールだが、実は「続・猿の惑星」だけ違う役者が演じている。見た目、猿なので、誰が演じても同じように思うが、実際観てみるとやはり「続」のコーネリアスは表情が死んでいる。つまり、それだけロディは芝居が上手《うま》かったのだ。

こんなに手間ひまかけて顔を作って頂いて、僕のせいで老人に見えなかったら申し訳ない。鏡の前で、どんな表情を作れば生き生きして見えるかひたすら研究した。メーク担当の江川悦子さんに、この顔で出来ることを確認。物を食べる、煙草《たばこ》を吸う、口笛を吹く。やれることは全部やってみることにした。

インタビューの収録は、それから二週間後。メークはさらに改良を重ね、グレードアップしていた。八十四歳の僕が「THE有頂天ホテル」の思い出を語る。聞き手はフジテレビの高島彩アナ（彼女も孫の高島あよという設定だ）。

どんなものに仕上がったかは、DVDの特典を観て頂くしかないのだが、老人になりきってみて分かったことがあった。

歳《とし》をとるのも悪くない。かなり真剣に演じたので、スタッフは、完全に僕を老人として扱ってくれた。普段の僕は人に気を使いすぎるタイプなのだが、さすがに八十四にもなれば、気持ちが大きくなる。周囲は全員歳下。気を使うのはお前たちの方だ、という気分に自然となってくる。

インタビューも、普通ならば必要以上に相手を気使ってしまい、自分が何を喋《しゃべ》りたいかよりも、相手が何を聞きたがっているかを意識して話す。だが、今回ばかりは違った。相手が何を聞こうが関係ない。自分の話したいことだけを語り、面倒な質問の時は、聞こえないフリをした。話している最中に突然、乾燥マンゴーを出して食べたり。もう人にどう思われようが構わない。好きにやらせてもらいます。だって八十四なんだもん。世の中のあらゆるしがらみから解放されて、精神的に自由になった自分がそこにいた。

もちろんすべての老人が、そんな風に考えているとは思わない。これではただの我がままジジイだ。本当に自分が八十四歳になった時、ここまで自己解放できるかと言ったら、実はそれも自信がない。たぶん今と変わらない気がする。そう考えると、あの老人は僕であって僕ではなかったのかもしれない。

とにかくインタビューであんなに喋ったのは初めて。架空の老後は、僕にとって幸せな瞬間だった。すべては特殊メークのお陰です。

何が変わった？　模様替え

僕は普段はかなりボーっとしている人間なので、例えば妻が髪を切ったとしても、すぐには気づかない。なんだかいつもと雰囲気が違うなと感じて、「あれ、髪型変えた？」と尋ねると、「うん。でもそろそろ一週間になる」と返されるのがオチだ。

要するに注意力が散漫なのである。興味のあることに関しては、それなりに関心を寄せるが、それ以外のものについては、目には入っていても見えていない状態。

あえて言い訳をさせてもらえば、僕はだいたい仕事で切羽詰まっているので、頭の中はドラマや舞台や映画のことでいっぱいなのだ。日常生活についての、そういった細かい情報が入り込む余地がないのである。

妻も、おそらく結婚するまではこんな男だと想像もしていなかったろう。一緒に暮らしていて、これほど面白みのない人間はいないと思うと、なんだか彼女が不憫《ふびん》でならない。だから、なるべく日常の変化には気づいてあげようと、こちらも努力はしている。

妻は飽きっぽい性格なのか、よく部屋の模様替えをする。それも僕に黙って。だいたい毎日どこかがリニューアルされている。僕は出来るだけ早く、それに気づいてあげなければならない。こうなるともう日々の暮らしが「間違い探し」である。

壁に掛かっている絵を見つけて、「あ、この絵、綺麗《きれい》だね」と言うと「そろそろ一年になる」と怒られた。壁に付いている電気のスイッチを発見し「ここにスイッチあると便利だね。いつ電器屋さんに付けて貰ったの？」と尋ねると「家を建てた時からあった」と冷ややかに返されたことも。

仕事から帰って来て、何の疑いもなく、リビングの中央に置いてあるソファに座る。普通にテレビを観ていたら、妻に「なんで気づかないの？」と言われた。まだその段階では、僕には何のことだか分からない。周囲をぐるりと見渡し、初めて自分の座っていたソファの位置が変わっていることに気づく。そう言えば、昨日まではこのソファ、壁にくっついていたっけ。テレビがいつもより大きく感じてはいたが、しかしそれが一体何を意味しているかまでは、頭が回らなかったのだ。

ある時は、あのか細い腕でどうやって動かしたのかは不明だが、寝室のベッドの位置が逆転していたこともあった（さすがにこれはすぐに分かりました）。

大抵の場合は、妻に指摘されてから、「あっそうか」と気がつくことになる。たまにだが、いつもと違う位置に小さな丸テーブルが置いてあって、それに脛《すね》をガツンとぶつけて、ようやく気づくこともある。

一番困るのが、「どこが変わったか当てて」とクイズ形式で出題される時だ。前の状態と見比べればまだ分かるかもしれないが、以前の様子をまったく覚えていないので、答えられるはずがない。ソファの位置がまた変わっていると答えたが、はずれだった。ソファそのものが新しくなっていたのだった。僕にとっては難易度が高すぎる問題である。

掻き揚げに心安らぎ、胸痛み

映画と舞台の台本を並行して書いている。朝から夜までパソコンの前に向かう毎日。そんな時の気分転換は「料理」と相場は決まっている。以前にも書いたが、僕にとっての料理は、子供の時に夢中になったプラモデル作りと一緒。説明書（つまりレシピ）を見ながら、その通りに作る。

僕が調理場に立つ機会が増えるのは、仕事が煮詰まっている時だと、妻も分かってくれている。自分にとっての料理における心の師匠はグッチ裕三さんだが、あまりに僕がグッチさんの料理ばかり作っているので、「たまには別の人にも挑戦してみたら」と妻が新しい料理本を買ってきてくれた。そんなわけで最近は、新師匠ケンタロウ氏のレシピに従って、新作料理を片っ端から作っている。

考案者が違うと、こうも料理は違うのか。毎日が新しい発見の連続である。使う調味料も、料理人によって好みがあることが分かった。ちなみにケンタロウ氏はごま油がお好きなようです。彼の指示の下に作成した「キャベツのあつあつごま油かけ」は、簡単でしかも絶品。夏野菜だけで作ったカレーもうまかったし、フレッシュトマトと大葉の冷製カッペリーニ（極細のパスタ）はすっかり我が家の定番となった。彼は文章も上手で、調理の合間にレシピの間に挟まれたエッセイを読んで、彼の料理に対する情熱に一人涙ぐむことも度々。

そして今マイブームとなっているのが、掻《か》き揚げである。これまで手間の掛かるものは避けていたのだが（あくまでも目的は気分転換なので）、彼の掻き揚げにまつわるエッセイを読んでいたら、どうしても食べたくなった。そして一度作るや、その奥の深さにたちまちはまってしまったのである。

わずかな温度の違いで、カラッと揚がる時もあれば、ベタベタになることもある。この加減が実に難しい。しかしうまく揚がった時の喜びは何にも代えられない。しかもアツアツの出来立ての美味《おい》しいこと。コツを摑《つか》んでからは、どんどん楽しくなり、冷蔵庫の中にあったいろんなものを揚げてみた。ごぼう、しいたけ、キャベツにちくわ。一番美味しかったのは玉ねぎ。揚げたてに塩を振ってかぶりつく。口の中に甘みが広がって、「これ、自分が作ったの？」と疑いたくなるような、素晴らしい出来。

結婚するまでは料理なんかしたことがなかったのに、まさか揚げ物に夢中になる時が来るなんて、人生とは分からないものです。

掻き揚げで楽しいのは、油の中で徐々に揚がっていく様を、じっと見ている時。鍋に神経を集中させると、不思議と心が落ち着く。世の雑音から離れ、聞こえてくるのは油の音だけ。まるで座禅を組んでいるような、精神の安らぎを感じるのである。妻に話すと、「そういう時、主婦は洗い物をするのよ」と言われた。

それにしても、この原稿をパソコンで書いていて気づいたのだが、「かきあげ」と打つと、「書き上げ」に変換されてしまうのですね。それを見る度に胸が痛む。ああ、早く台本書き上げなくては。

妻の訴え、まさか僕がいびきを!?

どうも最近、夜中にいびきをかいているらしい。もちろん自分では分からない。妻からの訴えを信じればの話だ。

衝撃だった。いびきと水虫は長年、僕にとって「対岸の火事」だと思っていた。なにしろ寝顔の安らかなことに掛けては、並ぶ者がないほど自信のある僕だ。とは言っても自分の寝顔は見たことがないので、想像で言っているだけだが。

だから妻から「夕べも煩《うるさ》くて眠れなかった」と涙ながらに訴えられた時は、唖然《あぜん》とするばかり。確かに言われてみると、朝起きた時、このところ妙に喉《のど》が痛い。口を開けて寝ていた証拠である。ということはやはりいびきをかいているのか。第一妻が嘘《うそ》をつく理由がない。僕にいびきをかいているように思い込ませて、一体何の得になるというのか。ここはとりあえず妻の訴えを信じることにした。

それにしても、なぜ突然いびきを？　どこか身体の具合が悪いのか。それとも（あまり考えた

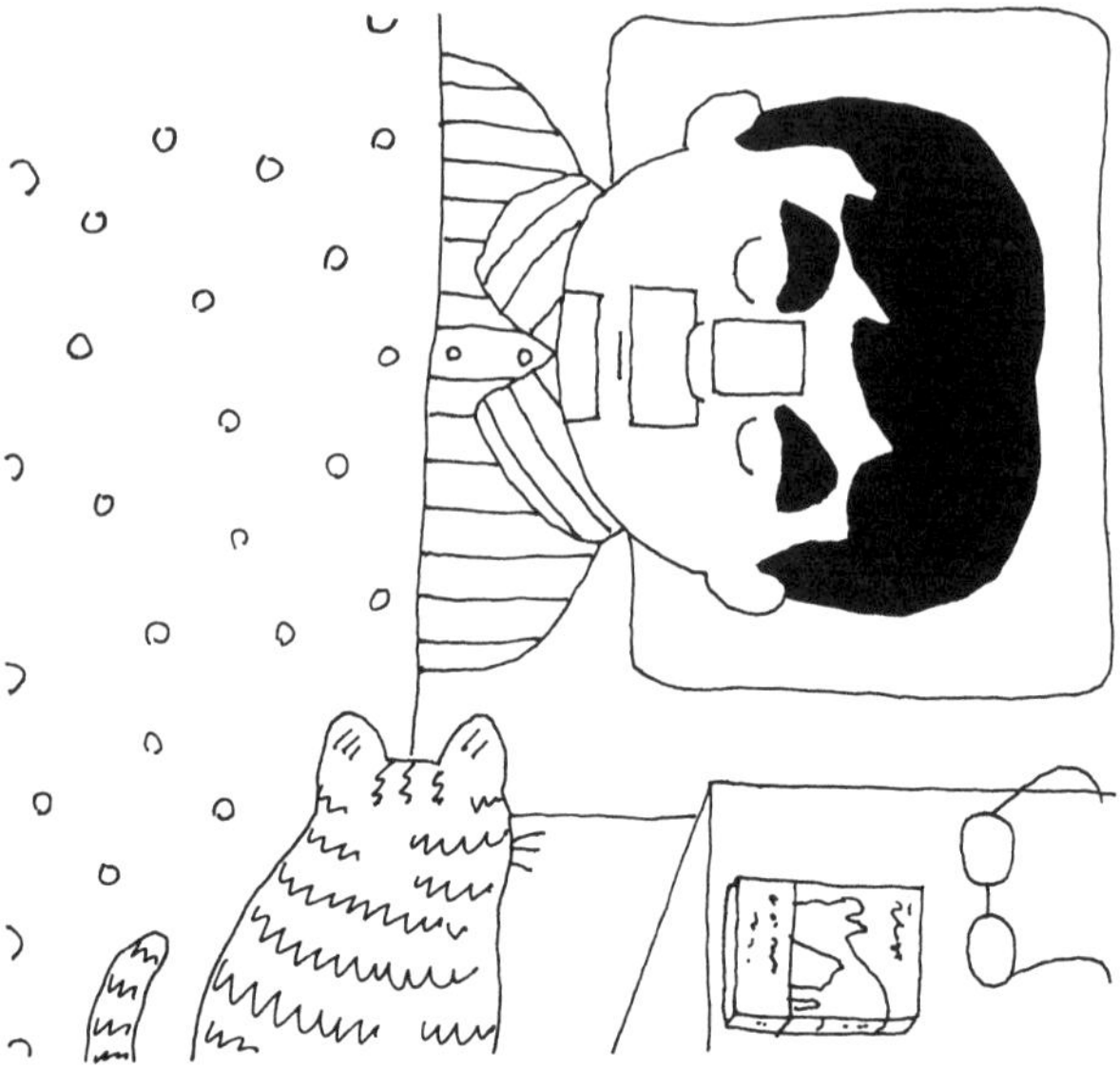

くはないのだが）これも緩やかに始まった老化現象の一部なのか。原因はともかく、その日から僕のいびき対策が始まった。とは言うものの自覚が全くないので、半信半疑な思いは引きずったままではあったが。

　薬局で、いびき防止グッズを購入。いろんな種類があることに驚いた。自分の知らない世界で、自分の知らない文化が、自分の知らない間に進歩している。自分という人間のちっぽけさを感じずにはいられない瞬間だ。

　鼻の通りをよくするシールというものを、まず貼ってみた。付属のイラストを見ながら、鼻筋と鼻下と顎《あご》の三カ所に絆創膏《ばんそうこう》状のものを貼り付ける。とても人に見せられる顔ではない。でもちょっとウキウキしながら眠りについた。

　効果はなかった。やたら鼻がスースーして眠りが浅くなり、その分、いびきはパワーを増していたと、翌朝妻は涙ながらに訴えた。もう一度説明書をよく読むと、三枚貼ったのは間違いで、実はそのうちのどこか一カ所でよかったのだ。つまり通常の三倍貼っていたことになる。あのイラストは、いびきの度合いによって貼り場所を工夫しろという意味だったのだ。翌日、用法を守ってもう一度トライ。しかし、顔の面白度は減少したが、効きめはやはりなかった。

次に試したのが、同じようなシールを今度は縦に貼るタイプ。上唇と下唇を接合するのである。これはすごい発想だ。つまりは「口が開くので音が出るのだ、だったら口を開かなくしてしまえ」というのだから。かなり暴力的だが効果はありそうな気がした。

やってみたがダメだった。一晩中、誰かに「シッ」と指で唇を押さえられている感じ。さすがにいびきはかかなかったようだが、こっちは口元が気になって、ほとんど眠れない。それにシールを貼った顔があまりに情けない。これでは、眠れるハナ垂れ少年である。

それ以来、枕をはずしたり、逆に高くしてみたり、いろいろと試みてはいるが、実はまだこれといった方法は見つかっていないのです。どなたか、いい方法をご存じありませんか。それにしても、本当に僕はいびきをかいているのか？

パソコンゲーム、目下十七連敗

僕はテレビゲームは一切やらないことにしている。はまるタイプなので、一度手をつけたら取り返しのつかないことになるのが分かっている。二十年ほど前にシミュレーションゲームの「三国志」にはまって、ひと夏を棒に振った時から、やらないと決めている。

唯一の例外が、パソコンで出来るトランプゲーム。フリーセルにソリティア。共に、カードを並べ替えて、ある規則に従って枚数を減らしていくゲームだ。たぶんパソコンをやる人たちにとっては、お馴染《なじ》みの名前ではないか。

それにしてはこれだけパソコンが普及しているのに、これらのゲームを話題にしている人に会ったことがない。どういうわけだろう。何か、それについて語るのは控えようという、暗黙の了解でもあるのか。そういえば攻略本も見たことがない。あまりに単純なゲームだからか？　こうして書いていても、どれだけ皆さんの共感を呼べるのか、不安は募るばかりですが、とりあえず書き続けます。

以前、何度か遊んでみたことはあったが、ここしばらくは自分のパソコンにゲーム機能が付いていることさえ忘れていた。最近自宅で執筆する時間が増え、現実逃避の一環として再開した。細かいルール説明は省くが、フリーセルは論理的に考えれば必ず解くことの出来るパズルのようなもの。それに対してソリティアはかなり偶然が左右するゲームだ。これってパソコン用に考え出されたのだろうか。それとも歴史のあるカードゲームなのか。

　どちらかというと、より頭を使うフリーセルの方が、僕としては好みなのだが、運がものを言うソリティアの方が、そこはかとなく人生を感じさせて、奥が深いようにも思える。そして、頭も使うし運も使うという、二つのゲームのいいとこ取りが、スパイダソリティアである。

　これも面倒臭いのでルールは省略するが、簡単に言うと、七並べの発展型みたいなもの。今はこのスパイダソリティアを、仕事の前に必ず一ゲームやることにしている。それ以上は絶対やらないと決めている。きりがないから。

　ただし一ゲームといっても、僕のルールでは、三回で一ゲーム。初級中級上級とあって、ようやく上級までたどり着いたところだ。かなりの難易度で、クリア出来たのは一度だけ。成績表が付いていて、「六十四敗一勝」とあった。まさに貴重な一勝ではあるが、そのために費やした時間と労力を考えると、喜んでばかりはいられない（嬉《うれ》しかったけど）。

　今でも覚えている。パソコンの画面上では「おめでとう」の文字が躍り、花火が盛大に打ち上げられた。だが華やかな分だけ、激しい無常観に襲われたのも事実。その時は、どうやら卒業の時が来たなと、真剣に思ったものだ。

　しかし現在も在学中です。つまるところ、はまってしまったのである。ああ、もう一度、あの花火が見たい。今はパソコンにゲーム機能を付けようと最初に思いついた人を恨むばかりだ。なんて余計なことをしてくれたんだ。現在、十七連敗中。

CMで演技するの？　僕が！

ある企業のCMに出演した。今まで、木村拓哉さんのパソコンのCMのシリーズや、唐沢寿明さんのコーヒーのCMにゲスト出演したことはあるが、今回は僕が中心、メインである。いよいよここまで来たかと感慨無量であった——というのは嘘で、最初にお話を頂いた時は（ずいぶん思い切った企画を立てるなあ）というのが正直な感想だった。

だって考えてみて下さい。ビジュアル的に言って、僕はどう考えてもCMタレントの柄ではない（ライバル企業のCMはイケメン速水もこみちですよ）。これまでのように、木村さんや唐沢さんのようなカッコイイ人たちの隣で、ふざけたことを言ったりやったりする分には、リラックスして楽しめた。しかし僕がメインというのはどうだろう。企業イメージを背負って立つのである。これは気が重い。そしてそれ以前に不安だったのが、CMとして成立するのか。

それでもやってみることにしたのは、僕でCMをやろうと企画を立てた人たちの、つまりはその「思い切り」への敬意だ。自分自身も、作品を作る時はいつも「今まで誰もやらなかったも

の」を心掛けている。だから使われる立場に立った時、普通思いつかない企画を持ち込まれたら、それだけで無条件に、お手伝いしたくなってしまうのだ。それに加えてここだけの話、次に映画を撮る時のために、他の演出家の撮影現場を知っておきたいという下心も、ちょっとだけありました。

これまでに三本が作られ、既に全部オンエアされたので、ご覧になった方もいらっしゃると思います。一本目の絵コンテを見せて貰った時、それが芝居仕立てになっているので、ずいぶんと驚いた。飛行機の中で、あまりの心地よさに眠ってしまい、夢の中で「カサブランカ」みたいな映画の主人公になって、女優さんとからむのである。

なんだこれは！　僕のような職種の人間がＣＭに出る時は、だいたいは本人として登場する。コーヒーを飲みながら「三谷幸喜は知っている」みたいなパターンですね。以前僕が出た時も、あれは本当の僕ではないが（ハンモックで寝たりはしない）、一応本人という設定だった。役者兼脚本家のクドカン（宮藤官九郎）さんでさえ、今の発泡酒の宣伝は、本人で登場しているではないか。なんで僕だけ芝居をしなければならないのか？　カッコ悪いではないか。

やってみて分かったが、ドラマ仕立てのCMは、ドラマの撮影より大変だ。完成品は三十秒ないし十五秒。余計な芝居などまったく出来ない。プランナーたちはその数秒間に命を懸けている。現場で勝手に設定を変えたり、アドリブで台詞《せりふ》を言える雰囲気ではないのだ。それは演者に自由に演じる「ゆとり」の部分がないということ。僕のような台詞術もなく、表情も乏しい演者から、ゆとりまで奪ってしまうと、一体何が残るというのだ。とにかく監督の指示通りに秒単位で芝居をしなければならない。

現場での苦難の数々については、次回。

もっと演技の素養があれば

最初に撮影したCMは、完全な芝居仕立て。ハンフリー・ボガートを思わせる衣装で恋人を抱いて「時間がない、君は先に行け。君さえ無事なら僕は……」と叫ぶ。何回NGを出しただろうか。こういう二枚目の要素が自分にはまるでないので、照れるのだ。自分だったら、絶対自分に当て書きしないタイプの芝居である。

しかも一番いい場面で、突然あくびをするという演出。大河ドラマに出演した時は、くしゃみのシーンで、自分の役者としての限界を感じ、今度はあくび。言い訳になるが、生理現象を演技で表現するのは、とても難しいのである。よほどうまくやらないと、嘘っぽく見えるのである。監督が望む形になるまで、三十回近くあくびをしたような気がする。最後もOKが出るというよりは、「これ以上やっても変わらないな、まあいいでしょう」的な感じで終わるという、最悪な幕切れだった。

僕は役者ではないので、出来るものと出来ないものがある。本来、監督の要望はすべて受け入れて、さらにそこに自分らしさを足していくのが「いい役者」だと思っているし、自分が演じる時もそうありたいと願うが、一本目で、それが無理なことが分かった。俳優としては失格だ。だが、そんなことは言ってられない。二本目からは初期の段階から、意見を言わせてもらった。

「この演者は表情が乏しいので、顔のアップよりも、動きで見せるものだと助かります」

希望が叶《かな》い、二本目はかなり動きのあるものになった。レストランで連れの女性と支払いで揉《も》める設定。店内を二人で走り回る。

監督からは「今回はワンシーンワンカットの長回しで行きます」と言われた。自分の映画でさんざんやってきた手法だ。演じる側に立って初めて、それがいかに役者にプレッシャーを与える言葉かを実感した。しかもCMの場合は決められた時間内ですべての段取りをこなし、台詞を言わなければならない。長回しの場合、編集が出来ないので、芝居で時間を調節するしかないのだ。

「あと二秒足りない」「今度は一秒オーバー」と幾度となくダメを出され、これもＯＫが出るまで半日掛かった。オンエアされたものは「こいつでは長回しはもたない」と誰かが判断したのか、結局編集されていた。三流役者の悲哀を感じずにはいられない。

三本目は自分の部屋でえんえん探し物をする一人芝居だった。ＣＭとしての出来は僕には判断できないが、演者が一番リラックスしてやれたのは、これ。場に慣れてきたこともあるし、演出もいい意味でアバウト、比較的自由にやらせて貰えた。素人役者は、演出の要求が多ければ多いほどがんじがらめになるのです。最初の二本も、僕に俳優としての素養があれば、もっと面白くなったのにと反省。ただ、自分としては、いい経験をさせて貰ったと思っている。わずか数十秒の主演俳優。

売れ行きに貢献できたかどうかは、知らないし、知りたくない。そもそも怖くて聞けない。

岡山出身、三人目がヒロト氏

甲本ヒロト氏の「天国うまれ」という曲を知っていますか?

ザ・ブルーハーツからザ・ハイロウズを経て、今回ソロデビューしたヒロト氏の初ソロシングル(カップリングは「真夏のストレート」)。「天国うまれ」は映画「THE有頂天ホテル」の挿入歌でもある。劇中では、香取慎吾さん扮する歌手志望の憲二が、自殺願望の西田敏行さんを励ます時に歌った。

ヒロト氏にはこんな曲をとお願いした。「耳に残る曲にして欲しいけど、一度聞いただけで覚えられるような曲では単純すぎるので、二度聞けば覚えられるような感じにしてください」。そして彼はまさにその通りの曲を作ってくれた。

ヒロト氏との付き合いは長い。最初に会ったのは十五年以上前、劇団をやっていた頃、初期のメンバーだった松重豊(今もテレビ・映画で活躍中)が「岡山出身の面白い奴《やつ》がいる」と言って連れて来たのが甲本ヒロト氏、ではなく梶原善(未《いま》だ渡米中。たまに帰ってきて舞台に出てい

る）。その梶原善が「同じ岡山出身の面白い男がいる」と言って連れて来たのが、甲本ヒロト氏ではなく、甲本雅裕（彼も現在、役者として頑張っている）。そしてその甲本雅裕のお兄さんが、ようやくヒロト氏なのであった。

　最初の印象は「ずいぶんシャイな人だな」「人の目を見ないな」「動きがなんだかぎこちないな」「赤ちゃんのような表情をするな」。総合すれば「異様な人」。弟雅裕は僕の劇団で役者デビュー。それ以来、兄ヒロト氏も、僕らの劇団の芝居は欠かさず観に来るようになった。

　今でも覚えている。当時「クール・ランニング」というジャマイカのボブスレーチームを描いたコメディー映画があった。突然ヒロト氏から連絡を貰った（覚えているわりには、それが手紙か電話か人を介してか忘れてしまった）。「『クール・ランニング』は最高です。三谷さんもぜひ観てください。自分はあの映画は三谷さんの作るものに非常に近いと思う。いつかあんな映画を作ってください」。慌てて観に行くと、確かにそれは笑えて泣けてワクワクする、僕好みの映画。なぜ自分が作らなかったのかと一人勝手に嫉妬《しっと》した。その時思った。僕の作品を一番理解してくれている観客は、ひょっとしてヒロト氏かもしれない。

「THE有頂天ホテル」の挿入歌は、どうしても彼に作って貰いたかった。彼なら、僕がやりたいことを分かってくれる。映画に一番相応《ふさわ》しい曲を作ってくれるはず。打ち合わせで久々に会ったヒロト氏は、時間が止まってしまったかのように、昔のままだった。やっぱりシャイで手足が長く、赤ちゃんのような表情の異様な人だった。僕らはほとんど仕事の話はせず、なぜか蟻《あり》の生態について語り合い、そして別れた。驚くほど早く出来上がったその曲は、まさに僕が求めていた曲だった。

「天国うまれ」は、ヒロト氏らしい、素朴で、どこか懐かしくて、そしてもちろん二度聞いたら、頭にこびりついて離れなくなる曲です。

いびき防止にあの手この手

僕が夜な夜ないびきをかくので、妻が眠れずに困っているという話を以前書いた。あれ以来、多くの皆さんから「いびき対策」の方法を伝授して頂きました。朝日新聞宛《あて》にも全国からお便りが届き、自宅の郵便受けにも、ご近所の方からのアドバイスが入っていた。これほど反響が大きいのは、カスピ海ヨーグルトを培養しようとして失敗した話以来か。

驚いたのは、これほどまでに人はいびきに関心があったのかということ。それだけ悩まされている人が多いのだろう。皆さん、この問題に関しては、経験から得た持論を語りたくて仕方ないらしく、まさに鍋奉行、犬奉行に次ぐ「いびき奉行」の誕生である。

話はずれるが、「いびき奉行」っていいタイトルですね。普段は寝てばっかりだが、いざお裁きの場になると、見違えるような活躍を見せる町奉行が主人公の明朗時代劇。阿部寛さんあたりでドラマ化、ぜひ。

さて僕の手元には、様々な民間療法&グッズが集まり、今やちょっとしたマニアだ。横向きで

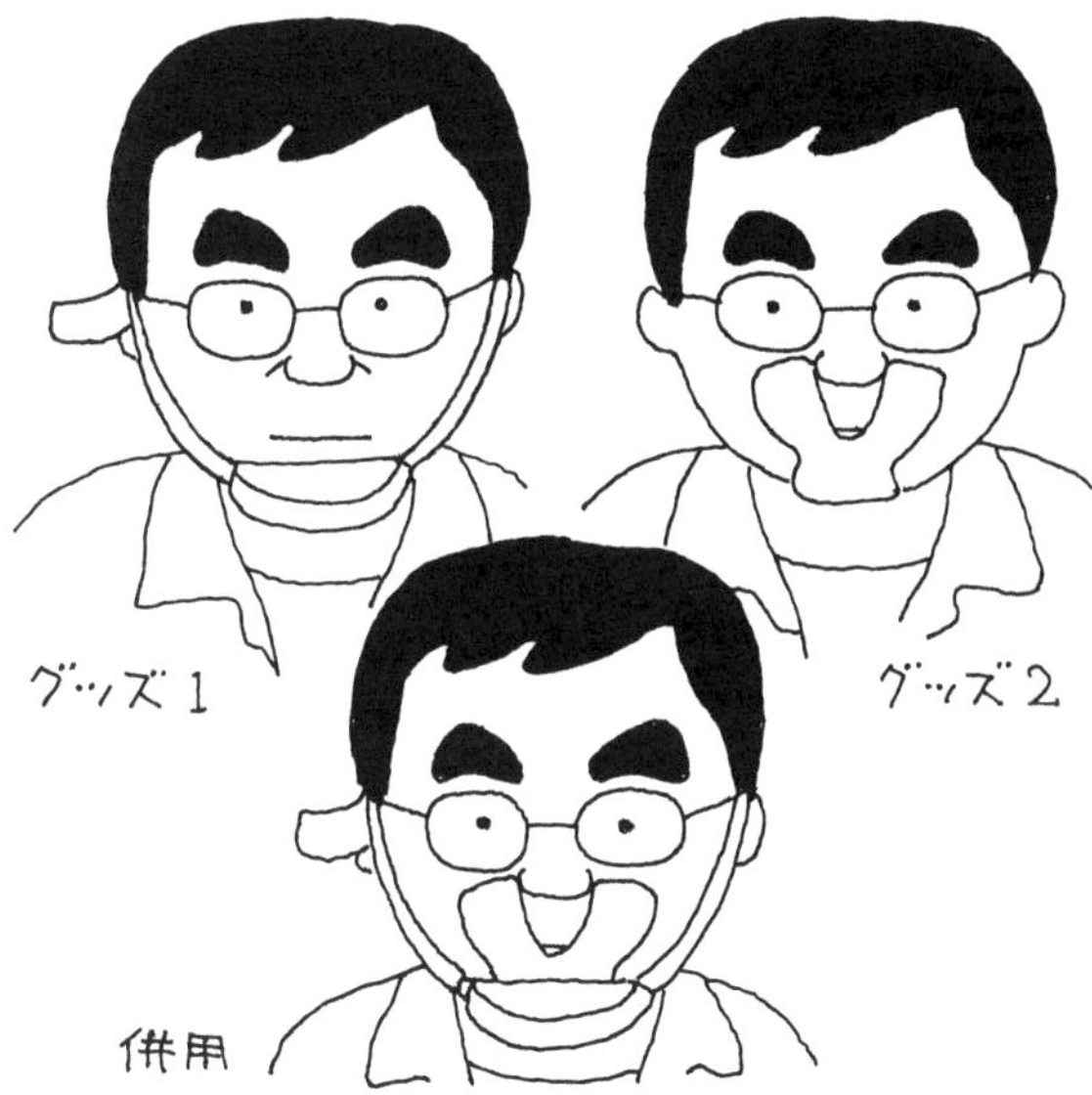

寝るといびきは治るという意見があると思えば、うつぶせで寝るのがいいというものもあった。かと思えば、仰向けが一番だと主張する人もいて、まさに全面対決的な様相を呈してきている。立って寝る以外は、この世に存在する寝方のすべてが出揃ったと言ってもいいだろう。

防止グッズに関しては、概《おおむ》ね「寝ている間に口が開くのを、いかにして阻止するか」について、それぞれ知恵を働かせている。やはりいびきの原因は、開いた口にあるらしい。耳の後ろに掛けたゴムで顎を引き上げ固定させるタイプ、口にVマークの巨大シールを貼り付けるタイプ。試してみると、どれも相当な違和感だが、確かに効果はある。

この種の対策は、どうも根本的解決になっていないような気がする。おねしょを防止するために尿道に蓋《ふた》をするようなものでしょ。いびきに悩まされる人々にとっては、そんなことは言ってられないのかもしれない。それだけ切実な問題なのだ。

いびき問題の最大の難しさは、被害者が本人ではないところ。当事者にはあくまで自覚がないから、どうしても被害を被っている人（そしてそれは大抵の場合、身内）の気持ちになりにくい。前回、本当に自分はいびきをかいているのだろうかと、やや懐疑的に書いたら、被害者にとってはそれが一番頭に来る言葉だと、知人からメールで指摘された。確かにそうでした。

だがこっちにも言い分があって、寝ている間に僕のいびきを妻が携帯電話で録音したのだが、再生してみるとなぜかまったく入っていなかった。理由は分からないが（周波数が合わなかったのか？）、だから僕はまだ自分のいびきを聞いたことがないのだ。一度聞いてみたいと思っていたら、この度、いびきを録音するための枕が売られていることが判明しました。これほど使い道がピンポイントなグッズも珍しい。計り知れない「いびき業界」である。

一年以上の日々が手の上に

「THE有頂天ホテル」がDVDになった。企画から始まって、台本書き、キャスティング、美術打ち合わせ、ロケハン、撮影、仕上げ、音楽録音、宣伝活動と一年以上を掛けて作り上げてきた作品が、手のひらサイズになって今、僕の目の前にある。なんだか不思議な感覚だ。

特に今回のDVD、スペシャル版には特典が付いていて、メーキングや俳優さんへのインタビューも満載。製作発表の会見から、完成披露試写会、大ヒット御礼挨拶など、映画がらみのイベントの映像も網羅されている。まさに僕にとってのこの一年が丸々収められていると言ってもよい。

その中で一番お気に入りなのは、メインの役者さんが勢ぞろいした、初日舞台挨拶の模様。役所広司、佐藤浩市、松たか子、原田美枝子といった、日本を代表する俳優さんたちが勢ぞろいしているだけでも壮観なのに、これに加えて、香取慎吾、伊東四朗、西田敏行、YOUといった、「笑い」に関してはこれ以上の布陣はない最強メンバーが（彼らでバラエティー番組を作ったら、

トークだけで二時間はもつ）、ステージ上にズラリと並んでいるのである。面白くならないわけがない。この日の舞台挨拶、ひょっとしたら映画のどのシーンよりも、僕は好きかもしれません。

　石井正則さんが壇上で「離婚しました」という自虐ネタを披露した時、彼らの中の「笑わせどころ」を敏感に察知する体内アンテナが一斉に作動。それ以降、石井さんが何か言おうとする度に、誰かがすかさず「離婚したの？」と混ぜ返す。別に事前に何の打ち合わせもしていないのに、抜群の間で順番に突っ込んでいく。見事でした。改めて映像を見ると、香取君が突っ込むタイミングをうかがって、手持ちマイクを口に近づけたり離したりしている姿も確認出来る。最後は僕が役所広司さんを強引に促し、彼が照れ臭そうに「離婚したの？」と突っ込んで、うまくオチました。

　挨拶の最後、西田敏行さんが満員のお客さんの前で語った、映画にまつわるエピソードも、とても心に残るものでした。事務所の了解を得て、ここに紹介させて頂きます。

子供の頃、黒澤明監督の「七人の侍」を母親に連れられて観に行った西田さん。客席は満員で、立ち見のお客さんがロビーにまで溢《あふ》れ返っている。席に座れなかった敏行少年は、お母さんに肩車をしてもらい、ようやく観ることが出来た。しかしお母さんは観客の背中しか見られなかった。最近になってDVDで「七人の侍」を見返したお母さんは、「ようやく筋が分かった」と、西田さんにしみじみ語ったという。

「あの時の映画館の熱気を、私は今日、再び感じることが出来ました」と西田さんは締めくくった。

今月（二〇〇六年八月）の末、僕は「THE有頂天ホテル」を持ってモントリオール映画祭に行って来ます。

そして来年撮影予定の四本目の映画は、「映画」そのものをテーマにしたコメディーになる予定（現在鋭意台本執筆中）。

キーがない！　変換しない！

朝から原稿書きでパソコンの前。煮詰まったので近所のコンビニにスポーツ新聞を買いに行き、戻ってみると、画面に謎の文字が。

「ふぉp帰依0p@終えjty0位お9sdddddddっづ9888」

そういえば前にもこんなことがあった。犯人は猫。恐らくはホイの仕業だ。

昔はよく、オシマンベがキーボードの上に鎮座して、知らない間に謎のメッセージを打ち込んでいた。何度か原稿を台無しにされ、僕が大声で叱《しか》ってから最近はやらなくなった。と思ったら、今度はホイである。パソコンは、猫たちにとって心地よい暖かさなのだろう。以前もキーボードの上で、平然と僕にお尻を向けて寝ている彼の姿を見かけたことがある。

消去しようとして唖然となった。キーがいくつかなくなっている。ホイはあろうことか、そこで爪《つめ》を研いだのだ！　原稿の締め切りが迫っている時に限って、狙ったように猫はそういうことをする。床に散らばった「K」と「P」と「I」のキーを拾い集め、それをあるべき場所に並べてみた。折れた歯のようなキーを手にした時は途方に暮れたが、修復は思ったより簡単だった。所定の場所に置いて上から押し込むと、パチンと音がしてすぐにはまった。ところがである。これでようやく仕事に戻れると思ったら、今度はキーを押しても、出したい文字が出ない。僕はローマ字変換派なのだが、ホイが変なところを押してしまったので、設定が変わったのだ。これでは仕事にならない。なにしろキーの表面に書いてある文字とは違う字が出るのだ。一体どういうことか。「ヘルプ」をクリックしてみる。そこに現在の状況を書き込むと対処法が見つかるのだ。早速書き込もうと思って気がついた。書き込めないのだ。だから困っていたのだ。八方塞がりである。あらゆるキーを押してみたが、修復は不可能だった。

　今度こそ本気で途方に暮れ、こんな時はあの人にすがるしかないと、阿川佐和子さんに電話する。文筆業をやっていて、親しい人といえば彼女しかいない。僕が電話をする時は、パソコ

ンが不具合になった時。決して彼女も詳しいわけではないのだが、なんとか知恵を絞って、いつも助けてくれる。

だが頼みの阿川さんもこの時ばかりは「私の手には負えません」と匙《さじ》を投げた。代わりに知り合いのパソコン先生（？）を紹介してくれた。

電話口に出てくれた先生は、見ず知らずの僕に対して、とても丁寧に対処法を教えてくれた。

「たぶんロックが掛かっているんでしょう。右上の Num LocK キーを押してみて下さい」

言われた通りにすると、あっという間に問題解決。あっけない幕切れに、やや戸惑う。顔も名前も知らない恩人に感謝の言葉を述べて、僕は電話を切った。これでようやく仕事に戻れる。そして改めてパソコンに向き合った瞬間、思い出した。僕は煮詰まっていたのだった。足元には、まるで他人事《ひとごと》のように、そ知らぬ顔で眠りにつくホイがいた。

名匠の撮影現場を見学に

市川崑監督の「犬神家の一族」は僕にとって特別な作品だ。中学生の時、初めて一人で映画館に観に行った邦画。僕の世代で、この作品で日本映画の面白さを知った人は多いのではないだろうか。

横溝正史作品は「怨念《おんねん》」とか「因習」という印象が強いけど、市川監督のシリーズは、決してオカルトに走らず、あくまで論理的に、本格ミステリー映画として作っているところが僕好みだった。映像も美しく、どの作品も事件の背景にある日本の四季が印象的だった。今でも地方に行って冬の寒々しい景色に出会うと「悪魔の手毬唄《てまりうた》」の鬼首村を思い出してしまう。シリーズが終わっても、市川監督の映画は欠かさず観た。でも金田一の印象が強いので、「細雪」でさえ、四姉妹の中に殺人犯がいそうな気がして困った。

その「犬神家の一族」がリメークされる。しかも監督市川崑、主演石坂浩二という黄金コンビ。これは大事件である。知り合いのプロデューサーに頼み込み、現場を見学に行く。金田一シリーズのファンということもあったし、自分も映画を撮るようになり、名匠の仕事ぶりを、この機会にどうしても見ておきたかった。

セットの中の市川監督は、九十歳とは思えぬ元気さだった。さすがに現場を走り回ることはないが、モニターの前に腰掛け、細かい指示をスタッフに与える。「スタート！」「カット！」の声も力強い。休憩時間にご挨拶に伺《うかが》った。目の前の監督は一見温和そうだが、眼光は鋭かった。僕は激しく緊張して、たいした話も出来なかったが、監督を見ていると六年前（二〇〇〇年）に会ったビリー・ワイルダーを思い出した。

市川監督とワイルダーは共通点が多い。ジャンルにこだわらないことや、ミステリー好きなこと（ワイルダーにはアガサ・クリスティ原作の「情婦」がある）。二人とも実在の冒険者を扱った映画を作っている（市川監督は「太平洋ひとりぼっち」、ワイルダーは「翼よ！あれが巴里の灯だ」）。そして今回分かったことだが、監督は風貌《ふうぼう》もワイルダーに似ているのだった。

モニターを見ながら市川監督は、画面の隅々まで一つ一つチェックしていく。そこには一切の妥協がなかった。どうしてもセットの襖《ふすま》が気に入らなかったらしく、監督はスタッフに命じて、倉庫から別のものを持って来させた。しかしそれもイメージと合わずに却下。やがて監督の前には、襖を持って並ぶスタッフの列が出来た。

本音を言えば、なぜ今「犬神家の一族」をリメークするのか不思議だった。あんなに面白いんだから、もう一回作らなくてもいいのに。しかし監督の執念を目の当たりにして、考えが変わった。僕らの目には完璧《かんぺき》と映っていた前作に、彼は決して満足していなかったのだ。九十歳の監督は、今度こそ最高の「犬神家」を作ろうとしていたのだ。

現場の隅でそっと感動していたら、プロデューサーから相談を持ちかけられた。なんと出演依頼。金田一耕助が泊まるホテルの主人役。前作で演じたのは横溝正史氏だ。(続く)

市川映画に出演のチャンス

「犬神家の一族」にホテルの主人役で出演依頼を受けた時、直感でこれは断るべきだと思った。前回の映画化作品を観てもらえば分かるが、この役はどう考えても、横溝正史氏が特別出演するために作った役だ。原作には出てこない。事件にも関与しない。はっきり言って、あってもなくてもいい役なのだ。つまり原作者が演じることで、初めて意味を持つ。僕のように犬神家と縁もゆかりもない人間が演じてしまっては、何の意味もないのだ。横溝氏亡き今、もし誰かが演じなくてはならないのなら、それは市川崑監督ご本人しかいないのではないか。絶対僕ではない。

しかしプロデューサーが言うには、監督直々のご指名だという。どうしても僕にやって欲しいらしい。一体なぜ？　現場を見学している姿を見て、ピンと来たのだろうか。「風と共に去りぬ」で、撮影現場を見学に来たビビアン・リーを監督が見て、スカーレット役に抜擢《ばってき》したという逸話が残っているが、それと同じことが起こったのか。だとしたら、とても光栄なことです。

ただし、僕は周囲が思っているほど「出たがり」ではなく、むしろ空気を過剰に読むタイプである。自分がこの映画に出たら、せっかくの「犬神家の一族」の世界観を台無しにしてしまうのではないかと、それだけが心配だった。しかし監督がどうしても僕でとおっしゃるなら、これはやるしかないだろう。あの市川崑監督の演出を受けられるのだ。僕も一応映画監督だ。名匠の演出術を盗む絶好のチャンスではないか。そんなわけで僕は出演を了承した。

数日後、衣装テストがあった。本番と同じメークをし、衣装をつけ監督にお披露目するのである。ところが扮装した僕を見て、どうも監督は納得いかない様子。監督のイメージでは、どうやらこの那須ホテルの主人はもっと老人なのだ。確かに前任者は横溝氏。それに比べれば僕は若い。顔も、苦労知らずの「とっちゃんぼーや」タイプ。監督の表情を見ていれば、僕がイメージと違っていることは明らかだった。でもそれってどうなのだろう。監督は僕のことを幾つだと思っていたのか。とりあえずヘアメークの方と相談し、髪に白髪を足すことになった。

衣装テストが終わり、私服に着替えてから、もう一度監督にご挨拶に行く。先ほどの厳しい表情とは打って変わって、監督は優しげだった。「しかし、僕は不思議でしょうがないんだけどね」と監督は言った。「なんで三谷さんは出てくれることになったの?」

ガーン。まあ、この業界ではよくあること。プロデューサーの言葉はすべて疑ってかかれという鉄則を、僕は忘れていた。「金田一映画の大ファンなので、どんな形でもお手伝いしたかったんです」と監督には伝えておいた。

直々のご指名ではなかったわけで、その分ちょっとボルテージは下がったが、それでも市川映画に出演するチャンスを摑んだことには変わりはない。後はとことん、市川マジックを吸収するだけだ。

そして撮影当日。(続く)

笑いが起きませんように

「犬神家の一族」に出演するにあたり、僕が心に決めたのは「決して目立たない」こと。市川崑作品のファン、横溝正史作品のファン、そしてなにより「犬神家の一族」のファンの皆さんを、僕の登場シーンで不快にさせてはならない。

なぜなら僕自身が市川映画の、横溝作品の、そして「犬神家」のファンだから。もし自分が観客としてこの映画を観た時、いきなり役者でもない男が現れ、緊張感のない芝居をしようものなら、はらわたが煮えくり返るに決まっている。それも素人ならまだ好感も持てようが、僕の芝居は、素人と呼ぶには場馴《ばな》れし過ぎているし、プロと言うには、あまりにも下手くそ。つまり一番腹立たしいラインにあるのである。とにかく目立たず、余計な芝居はしないこと。どこに出ていたか分からないくらいが、ちょうどいい。

撮影当日。現場に行くとチャールズ・チャプリンのようなちょび髭が用意してある。メークさん曰《いわ》く。「監督が付け髭はどうかとおっしゃっていました」。決めるのは僕自身らしい。役者とし

ては監督のアイデアと聞けば、断るわけにはいかない。

　早速付けてみた。目立ちたくないという僕の意思に反して、とても面白い顔になった。まるで昭和の喜劇人。いいのか。画面に現れた瞬間に笑いが、下手したら失笑が漏れる可能性大。監督は本当にこれでOKなのだろうか。しかしあの市川崑が、いいと言うのだから、たぶんいいのだ。あとは自信を持って臨むだけ。

　本番。那須ホテルの玄関セット。ホテルといっても宿屋に毛が生えたようなレベルだ。石坂浩二さん扮する金田一さんが表から帰って来て、それを主人の僕が出迎える。何度かリハーサルを繰り返す。監督にはその都度、ダメを出された。市川崑監督に芝居を直される快感。最初は「もっとゆっくりと」。次は「ちょっと今のはオーバーでした」。そして「金田一さんですね」の「ね」の言い方をかなり修正された。「『ですよ、ね』の『ね』の感じでお願いします」

監督の言わんとしていることはよく分かる。しかしいかんせん技術がないので、表現出来ない。家で練習した時は出来たのに。監督が求めているのは、たぶんあの言い方なのだ。分かっているのだが、緊張のためにそれが出来ない。

もどかしいままに本番。二テイク目でOKとなったが、僕としては不本意な出来だった。監督に「こりゃ何度やっても同じだ」と匙を投げられたのかと不安になる。だが、決して妥協を許さない監督のこと。OKが出たということは、きっと「いける」と判断されたのだろう。と、無理やり自分を納得させる。

収録は二日にわたった。当初の予定では一日だったのが、監督が粘りに粘り、翌日まで持ち越した。九十歳の名匠は、とことんこだわる性格だった。

果たしてどんな主人になっているのか。あとは十二月の公開を待つのみ。僕が出て来た時、どうか客席が笑いに包まれませんように。ちょび髭が不安だ。

うれしい男女喜劇人の活躍

　サンシャイン劇場に「戸惑いの日曜日」という芝居を観に行く。演出は佐藤B作さん、作者は僕。十年前にB作さんに頼まれて書いた「アパッチ砦《とりで》の攻防」の改訂版だ。今回、キャストが一新されたので、台本を書き改めた。稽古《けいこ》には立ち会わなかったので、幕が開くまではドキドキ。生き別れになった我が子と再会するような感じか。

　久々に会った「我が子」は、ずいぶんとイメージが変わっていた。

　驚いたのが客席の雰囲気。僕が作・演出を務める作品とは、まるで客層が違った。主演の西郷輝彦さんの人気なのか、池袋という土地柄のせいか、五十代の女性が圧倒的に多い。彼女たちに連れて来られたと思われる、普段は劇場ではあまり見かけないオヤジ系の皆さんも多数見られた。

　芝居が始まると、正直、その「泥臭さ」に驚かされた。B作さん自身、ソフィスティケイティッドという言葉とは無縁の役者さんだが（彼の良さは、むしろそこにある）、演出もまさに「洗練」とはかけ離れたもの。（もう少しお洒落《しゃれ》な芝居のはずなんだけどなあ）と観ている間、ずっ

と思っていた。つまりベタなのである。お客さんを楽しませようという思いが出過ぎているのである。しかしその分、客席は沸いていた。三時間、お客さんの笑い声は絶えることがなかった。客席の真ん中にいると、笑いの波が渦巻いていくのが分かった。これはこれで凄いことだ。

俳優は皆さん、素晴らしかった。西郷さん、細川ふみえさん、中澤裕子さん、他にも沢山《たくさん》。僕の作品は初めての方ばかりだが、彼らのために、次はオリジナルのホンを書きたいと思った。中でもどうしても書いておきたい人が二人。

電気屋さんを演じた小島慶四郎さん。松竹新喜劇の大ベテラン。子供の頃、テレビで藤山寛美さんとの共演を観て、あまりのおかしさに絶句した記憶がある。あの小島さんが僕の書いた台詞を言っている。それだけで感激だった。しかも出てきた瞬間からおかしい。一瞬にしてお客さんの心を摑む。大御所喜劇人の凄み。小島さんは僕の書いた台詞の意味を百パーセント理解してくれていた。一度もお話をしたことがないのに。あの大ベテランと心が通じ合った気がして、嬉しかった。

もう一人は小林美江さん。今回のために新たに付け足した元フィリピンダンサーのビビアン役だ。台詞は少なく、しかも片言。大半は身ぶり手ぶりなのだが、動きに切れがあり、表情も豊か。愛嬌《あいきょう》の裏にほのかに漂う「うら淋《さび》しさ」。彼女は確実にお客さんを味方に付けていた。僕の作品の中で、これだけ笑いを取ったキャラクターはいなかったのではないか。

新旧二人の喜劇人というと、小島さんに申し訳ないし、老若二人というほど、一方は老《ふ》けていないし、もう一方も若くはないが、とにかく舞台上で光り輝くこの二人を見て、日本の喜劇も捨てたもんじゃないな、と思った。

うれしいカナダでの笑い声

モントリオール映画祭に行って来た。海外の映画祭は「ラヂオの時間」のベルリン&トロント映画祭以来だ。いずれもコンペではなく招待作品。そもそも僕の作る映画は芸術性が皆無。世界の映画と競い合うタイプではない。今後も海外の映画祭でグランプリを取ることは、たぶんないでしょう。コンペではないから気が楽だ。とは言っても、自分の作品を外国のお客さんと観るのは、やはり緊張する。

二百人くらいの小さな劇場。「THE有頂天ホテル」はここで四回だけ上映された。もちろん英語の字幕入りだ。

上映前に舞台挨拶。壇上で、恒例のジョーク。この町の公用語はフランス語と英語なので、「皆さん、私のフランス語が分かりますか? 残念ですが、私は私のフランス語が分かりません」とフランス語で言った。もちろん事前に通訳の方に教わって丸暗記。お客さんは、とても喜んでくれた。これでこのオリジナルジョークは、英語、ドイツ語、ロシア語に加えてフランス語

も制覇したことになる。各国語バージョンもいまでも覚えているので、このフレーズに限定すれば、僕は五カ国語を操る男ということになる。

映画が始まると、嬉しいことに、日本と同じように笑いが絶えなかった。客席には、現地に住む日本人の皆さんの姿も。彼らは台詞を耳で聞いて笑う。カナダの人たちは字幕を読んで笑う。だから彼らの笑い声はやや遅れ気味だ。

日本ではオールスターキャストのこの映画だが、海外のお客さんにとっては、知らない顔の役者さんがほとんど（ヤクショコージの名前だけは、カナダでも有名だった）。果たして複雑な物語を皆さん理解してくれるのかと心配していたが、客席の感じでは、皆さん、最後まで楽しんでくれたようだった。篠原涼子さんのコールガールに翻弄《ほんろう》される角野卓造さんのエピソードなどは、日本よりも反応が大きかった気がする。身につまされる人が多かったのだろうか。

客席には、来年カナダで上演される「笑《わらい》の大学」のスタッフも来てくれていた。上映後に彼らとお茶を飲む。まるで国際人になった気分。彼らも映画は楽しんでくれたようで、かなり興奮した様子だった。演出家は四十代のやけに陽気な男。彼は映画の感想を述べてから、「あなたに一つ質問がある」と言った。「『笑の大学』ではカラスが重要な役割を果たす。今回の映画にはアヒルが出てくる。あなたは鳥に対して何か特別な思いがあるのですか」

そんな質問はされたことがなかったし、考えてみたこともなかった。演出家は、かなり鋭い質問をしたかのように、得意満面で僕を見ていたが、大変申し訳ないが「たまたまです」と返した。固まった彼の笑顔が忘れられない。

三泊五日の強行軍。ほとんど観光は出来なかったが、モントリオールは、まるで全体が映画のセットのような、綺麗で清潔な町でした。

やりがい感じるこけら落とし

ずいぶんと気の早い話だが、来年（二〇〇七年）の十一月に予定されている舞台の製作発表に参加した。なにしろ上演する劇場をこれから建てるというのだから、どれだけ気が早いか、分かって頂けるでしょう。

日比谷にあった芸術座がリニューアルされる。劇場名も「シアタークリエ」と変わり、そのこけら落としの作品を、僕が手掛けることになったのだ。芸術座といえば、商業演劇のシンボルとも言える場所。森光子さんが「放浪記」を演じ続けた劇場としても有名だ（ちなみに森さんは新劇場でも再び「放浪記」を上演されます）。劇場が出来たのが昭和三十二年というから約五十年前。こけら落としの作品は、山崎豊子原作、菊田一夫脚色・演出の「暖簾《のれん》」。主演は森繁久彌さんでした。

改めて商業演劇について考えてみる。その名前から、皆さんはどんなイメージを持たれるだろう。横長のチラシ？　舞台メークの出演者が、まちまちのサイズでコラージュされているポスター？　お弁当の匂《にお》いが立ち込める客席？

商業演劇は、おばちゃんたちが観に行くものだと思っている方もいるでしょう。確かに下北沢の劇場に比べれば、客席のおばちゃん率は高いかもしれない。普段、僕が作るような芝居とは、客層が全然違うのは確かだ。

演劇にはまだまだ「芸術＝高尚」というイメージがある。そこにある種の価値観を見いだしている芝居は多いし、逆にそれが鼻につくと感じる人もいる。そして儲《もう》からない方が芸術としてはより純粋というイメージもある。お金を掛けて、華やかなスターを揃えて、団体客を沢山呼ぶ「商業演劇」は、どこか偏見を持たれているような気がする。

そもそも「商業演劇」という言葉が誤解を招くのです。お金儲けの部分だけが強調されているみたい。よくよく考えると変なネーミング。入場料を頂いて観て貰うのを、あえて商業と強調することに、どうも違和感を覚える。商業スポーツとは言わないし（プロスポーツですね）、商業魚屋さんとも言わないのにね。「商業演劇」を英語で言うなら「ショービジネス」。ほらね、いきなりカッコいいではないですか。

僕は自信を持って、あくまでエンターテインメントとしての演劇、そしてビジネスとして成り立つ演劇を目指したい。「お金を儲けちゃダメですか」と言うとＩＴ企業の社長さんみたいだけど、それはすなわち、大勢の人に観て貰える演劇なのだから、少しも悪いことではない。

最初にこのお話を頂いた時は、僕よりも相応しい人がいるんじゃないかと思ったけど、たぶん東宝さんは新しい商業演劇を作ろうとしているのでしょう。これまで芸術座を愛してきたおばちゃんたちにも喜んで貰わないといけないし、さらに新しいお客さんも呼び込む。一体どんな芝居？　想像がつかない分、やりがいのある仕事であるのは間違いない。

演目は「恐れを知らぬ川上音二郎一座」。主演はユースケ・サンタマリアさんと常盤貴子さん。商業演劇が変わります。本当に？

知らぬ間に大スターと共演

不思議な出来事があった。知り合いからメールが届く。ケーブルテレビのドキュメンタリーで、僕がハリウッドスターと共演していたというのだ。話によると、テレビをつけたらたまたまやっていたらしい。前後の流れが分からないが、どうやら僕はジョージ・クルーニーと一緒にインタビューを受けていたという。

まったく身に覚えのない話。ジョージ・クルーニーといえば、最近では「グッドナイト&グッドラック」の監督としても有名な大スター。僕と同じ丑《うし》年生まれということで、昔から親近感を抱いてはいた。しかし当然ながら一緒に仕事をしたこともなければ、並んでインタビューを受けた記憶もない。第一会ったこともないのだ。と、そこで思い出した。いや、ジョージとは一度だけ会ったことがある。

六年ほど前のことだ。ビリー・ワイルダー監督がまだ存命中だった時、テレビ番組の企画でロサンゼルスまで彼に会いに行ったことがあった。ワイルダー氏がご高齢だったこともあり、インタビューは思いのほか早く終了。このままでは一時間の番組にならず、頭を抱えるスタッフたち。同じ日にロスの映画館でジョージ・クルーニー主演「オー・ブラザー！」（コーエン兄弟監督）のプレミア試写会があることが分かり、そこに行ってみようということになった。ワイルダーに会うのが番組のテーマなのに、ついでにクルーニーにも会おうという、かなり行き当たりばったりな企画だった。

会場の前で待っていると、歩道に溢れていたギャラリーから歓声が上がった。ジョージが到着したのだ。かなり濃い顔。気さくな人らしく、ファン一人一人と握手をし、呼び止められるといちいち立ち止まって応えていた。早く中に入

らないと、上映時間が迫っているのにと、冷や冷やしながら彼の動向を見守る。

徐々に僕の立っている場所に近づいて来るジョージ。と、番組のスタッフが僕を押し出した。気乗りはしなかったが、仕方なくジョージの斜め後ろに進み出る。耳毛が確認出来るほどの至近

距離。ジョージは、アメリカ人記者の質問に答えていた。内容は分からないが、僕は真横でいちいち頷《うなず》きながら、彼が再び歩き出す時を待った。やがて訪れるその瞬間。僕はジョージの前に飛び出し「パーフェクト！」と告げ、手を差し出した。何がパーフェクトなのかよく分からないが、ジョージは微笑《ほほえ》み、そして二人は固く握手を交わした。その手は肉厚で、そしてちょっと汗ばんでいた。

先日、問題のドキュメンタリーが再放送され、僕も観ることが出来た。ジョージ・クルーニーの人生を様々な映像で振り返る番組だった。その中に、試写会場の前で中傷記事に対して怒りのコメントを述べるジョージの映像が。その背後で、やたら頷きながら、握手するタイミングをうかがっている東洋人の姿があった。紛れもない僕。恥ずかしいったらない。

ちなみに「ハリウッドセレブの素顔　ジョージ・クルーニー」という番組でした。

お好み焼き屋で達人を発見

このところ僕ら夫婦は、お好み焼きに凝っている。週に一度、いや、中三日でお店に通っている。

妻の名誉のために言っておくが、彼女は自分で料理を作るのが好きだし、得意だ。しかし専業主婦ではないので、朝早く仕事に出掛け、夕方帰宅して、それから食事の支度ということになる。かなりの負担である。それに対し僕はほぼ一日家にいる。仕事帰りの妻を待ち、疲れた彼女に晩御飯《ごはん》をねだるというのは、自分が暴君になったみたいで、気が引ける。そんなわけで、外食は、大抵僕の方から提案することになる。

お好み焼きがいいのは、外食であるにもかかわらず、自ら調理するところ。妻にしても「主婦としてこんなに外食が続いていいのだろうか」というある種の後ろめたさが、自分で焼くという行為によって、幾分《いくぶん》解消されるようだ。

近場のお好み焼き屋さんは、全部回った。その中で僕らが一番気に入ったのは、もんじゃ焼きも食べられる関東風お好み焼きの店。

常に六〇年代ポップスが流れているあたりが、ややそれっぽくないが、他はごく普通のお店。家族で経営しているらしく、たまに小学生のお子さんが出たり入ったりしている。なぜここが気に入ったかと言えば、僕らの理想とするお好み焼きの形に一番近かったから。それは、下味のつけ方とか、かつお節が粉タイプではないとか、カレーもんじゃのカレーの配分とか、そういったディテールの問題。しかし、そういうところが大事なのだ。「神は細部に宿る」のである。

妻は手先が器用なので、お好み焼きもかなり上手に焼く。だいたいはカウンターの隅に座るので、彼女の見事な焼きっぷりを見られるのは、僕だけだ。彼女が作るお好み焼きは、まさに優等生的仕上がり。基本に忠実。まるで床屋さんの店先に飾ってある、カット見本の青年の頭のように完璧だ。人によってはそこに予定調和のつまらなさを感じるかもしれないが、お好み焼

きにアナーキーさはいらない。少なくとも僕は満足だ。

たまに若い男女が無茶苦茶《むちゃくちゃ》な焼き方をしているのを見かける。こげこげのぐちゃぐちゃの失敗作を平然と食べている姿を見ると、他人事ながら悲しくなる。妻をボランティアで派遣したい気分だ。

ある時、隣席で老人が一人、ビールを飲みながらお好み焼きを作っていた。左手に文庫本を持ち（古今亭志ん生の『びんぼう自慢』）、そこから目を離さずに、右手で器用に焼いている。かなり手馴《てな》れた様子。片面が焼けるまで、彼は一度も本から目を離さなかった。

僕らは既に「焼き」を終え「食べ」に入っていたが、彼がどうやってひっくり返すか、そればかりが気になっていた。さすがにその時くらいは、本を置くだろうと思っていたら、その老人は、遂に視線を一度もお好み焼きに移すことなく、裏面まで焼いてしまった。そのやり方が凄かった。まず中心に線を入れ、最初に右半分、そして左半分と、二回に分けてひっくり返したのだ。そんな方法があったのか！

上には上がいるものだ。

老猫を連れて病院に急行

猫のおとっつあんは、今年で十六歳。人間で言えば八十歳を優に超えている。僕が結婚した時、既に妻の家にいたから、やはり当時から彼女が飼っていたオシマンベと共に、僕にとっては小舅《こじゅうと》みたいな存在だ。

前にも書いたが、二匹の老猫には今、体力的に大きな差がついている。背筋も伸び、カクシャクたる老人となったオシマンベに対し、おとっつあんはボロボロのガタガタだ。歯も抜け落ち、目も濁っている。全盛時には六キロ以上あった体重も、今は二キロちょっとに。あばらも浮き出て、抱きあげると折れてしまいそう。

妻が言うには、子猫の頃あまりに可愛かったので、人間の食べるものをついついあげていた。その弊害が今になって出たのではないか。確かに半年遅れで家に来たオシマンベは次男坊の悲劇で、キャットフードオンリー。しかし現在も、昔とまったく変わらぬ容姿を保っている。あながち妻の見立ては間違っていないような気がする。

去年からボケも進行、満腹中枢が壊れ、おとっつあんは一日中、おなかをすかせるようになった。常にキッチンに居座り、隙あらば食材に手を出す。料理を作る時は、おとっつあんの襲撃を常に警戒しなければならない。コンロの火をものともせず、おでんの鍋に突進するおとっつあん。棚に仕舞ってあったクッキーやお煎餅《せんべい》を根こそぎ食われたこともあった。

食欲は異様にあるくせに、体はげっそり。どう考えても普通ではなかった。病院で診てもらうと、ボケと同時に肝機能も弱っていた。

ある時、そんなおとっつあんの食欲が突然なくなる。あれほど食い意地が張っていたのに、何も食べなくなる。大好きだったキッチンに背

を向けて、一日廊下で寝ている。様子がおかしいのは間違いなかった。
普段、動物たちを病院に連れて行く時は、妻が車で運ぶ。しかしその時、彼女はたまたま海外出張中。国際電話で、おとっつあんの病状を報告する。一晩様子を見て、それでも食欲が戻らな

かった時は、僕が自転車でおとっつあんを病院に連れて行くことに。

一夜明けても、症状は変わらなかった。ぐったりしたおとっつあんをケージに入れて、五キロほど先の病院まで自転車を飛ばす。

ペダルを漕《こ》ぎながら思った。そろそろ覚悟しておいた方がよいかもしれない。ケージの中で弱々しく鳴いているおとっつあんに、必死に話しかける。「もうすぐだ、頑張れ」。話しかけながら思った。妻と出会わなければ、彼とは出会うこともなかった。つくづく縁とは不思議なものだ。

おとっつあんとのこの十年が頭の中をよぎる。そして驚くほどに思い出がないことに気づく。おとっつあんは、今も僕に心を開いてくれているとは思えない。妻には甘えるが、僕には距離を置き続けている。そんなおとっつあんが、今、目の前の籠《かご》の中で苦しんでいる。僕は声に出して励ましながら、すれ違う人々の視線をかいくぐって、ひたすら病院を目指した。（続く）

病気の老猫、ニヒルに復活

まったく食事を受け付けなくなった老猫のおとっつあんを、自転車に乗せて病院へ連れて行く。ボケに加えて肝臓もやられていたおとっつあんは、診断の結果、さらに心臓も弱っていることが分かった。注射をし、薬を貰う。「相当まずいので、もしかすると食べないかもしれません」との注釈付きで、病猫用の缶詰も数日分。

注射が効いたのか、それからおとっつあんは少しずつ元気を取り戻していった。食欲も徐々に戻っていく。そして二、三日で完全復活。「相当まずい」とお墨付きだった缶詰も、毎回あっという間に平らげる。食えるものは何でも食うという、彼のポリシーが再び蘇った。

旅から妻が帰って来た時には、すっかり回復していたおとっつあん。こっちは覚悟すら決めていたというのに、不死鳥のように蘇ったおとっつあんは、むしろ以前よりも動きが機敏になっていた。肌艶というか、毛艶も良くなったような気がする。歯が抜け落ち、まるでニヒルに微笑んでいるようなその顔で「申し訳ねえが、まだまだ長生きさせて貰いますぜ」と呟《つぶや》いているようにも見えた。

おとっつあんが病の床にあった時、看病しながら、驚くほど彼との思い出がないことに気づいた。

彼は未だに僕に心を開いてくれていないのではないか。その話を妻にすると、彼女は言った。
猫とはそういうものよ。彼らはシャイで恥ずかしがり屋な生き物。なかなか態度で示してくれないけど、きっとあなたには感謝しているし、十分心を開いていると思うわ。
犬と猫の両方と暮らしていると、確かに彼らには大きな個性の違いがある。なんとなく犬よりも猫の方が甘えん坊のようなイメージがあるが、実際は逆。煩わしいほどに愛に飢えているのは、間違いなく犬の方である。猫はあくまで個人主義でクールだ。「ねえ、僕のこと好き？　ねえ、もっと愛してよ。ねえ、もっともっと」とすがりついてくるとびに対し、猫たちは、抱こうとすればむしろ嫌がり、「甘えたい時は甘えますから、あたしらのことは放っておいて下さい」と目さえ合わせてくれない。そのくせ、いつの間にか膝《ひざ》の上に座っている。猫は甘え上手。犬は甘えたがりの甘え下手。分かりやすいのは確実に犬の方だ。

話は飛ぶが、僕は元来単純な人間で、体調が悪い時は妻に「大丈夫？」と心配してもらいたいし、誕生日やクリスマスに、彼女にプレゼントをあげた時は、やっぱり「ありがとう」の言葉を聞きたい。しかし妻は、なかなかそういうことを言ってくれない。こっちが望む言葉を、望むタイミングで発してくれないのだ。ある時妻に、やんわりと不満を述べたら、「あなたは、いちいち言葉にしないと、私の気持ちが分からないの？　子供じゃないんだから」と叱られた。久々にその言葉を思い出した。猫と接する時に必要なのは、どうやら「大人の付き合い」のようです（ちなみに最近の妻は、単純な夫に合わせて、気持ちを素直に言葉に出してくれるようになっています）。

突然クビに激痛、回らない

クビが回らなくなった。

台本執筆（今月〈二〇〇六年十一月〉上演の東京ヴォードヴィルショーの舞台）のために、ほぼ徹夜の日々が続いていた。朝方、三時間ほど仮眠を取り、目覚めてみると、やけに右肩が痛い。

それでもとびを散歩に連れて行く。普段は急に走り出したりはしないのに、公園でお気に入りのメスを見つけたとびが、いきなりダッシュ。リードをぐっと引き寄せた瞬間、首の右のあたりに、ピピピピピと激痛が走った。リードを手放し、うずくまる。主人の異変に気づいたとびがUターンして戻って来る。ちょっと動いただけで、肩から首に掛けて激しい痛みが襲う。ゆっくりと立ち上がり、ゆっくりゆっくりと帰宅する。「もう終わりですか、散歩？」と、とびの目が点になっていた。

その日は午後から舞台の稽古があった。演出もやるので休むわけにはいかない。夜には清水ミチコさんとのラジオの収録もある。首の痛みは刺すような感覚から、やや鈍い感じに変わってい

た。相変わらず歩くだけで振動が響き、一歩踏み出す度に「いてててて」となる。それでも仕事を休まない演劇人魂。

なんとか稽古を乗り切り、その後、近所の整体へ。マッサージを受け、鍼《はり》も打って貰う。首にカラーというものを装着された。むち打ち症の人が巻いているあれの簡易版だ。ちょっと大仰だが、巻いてみて、あれの便利さが分かった。もちろん首を固定させる意味もあるけど、あそこに顎を乗せて力を抜くと、もの凄く楽なのだ。つまり、鳥小屋の中にある止まり木みたいな役割。いかに頭が重いかということだ。

その格好でラジオの収録へ。同情しつつも爆笑する清水ミチコ。エリザベスを着けたイヌのようだと言われた。確かにあれも正式名称はエリザベスカラー。しかしあっちはイヌやネコが傷口を舐《な》めないように顔の周りを囲む物であって、僕はそんなものを着けなくても、肩の湿布を舐めたりはしないし、そもそも肩に届くほど舌は長くない。用途が違う。これは、あくまで首を保護するためのものなのだ。

痛みはそれでも引かず、翌日は稽古を取りやめにしてもらった。演劇人失格。通っているジムのトレーナーさんに相談、凄腕《すごうで》の先生を紹介してもらう。再びマッサージ、鍼、電気。さらには頭のてっぺんにも鍼を刺された。悪い血を抜くのだという。治療中は、恐怖のあまり、ほとんど気を失いかけていたが、それが効いたのか、痛みはようやく引き始めた。

次の日から稽古を再開する。なんとか一日で社会復帰できた。移動中の車の中では、揺れる度にまだ首に緊張が走ったが、日常生活はカラーをはずせるまでに、なんとか回復した。

とは言っても稽古を休んでおいて演出家が笑顔で現れたら、役者の皆さんに仮病と思われかねない（実はホンはまだ最後まで書けていない）。稽古場のある建物の前で、再びカラーを装着したのは言うまでもない。取りはずしが楽なので、こういう時にも便利です。

丑年生まれは喜劇に向く！

東京ヴォードヴィルショーの「エキストラ」。僕にとって久々の舞台だ。「バッドニュース☆グッドタイミング」以来だから五年ぶりの新作（一人芝居と歌舞伎は除く）。ヴォードヴィルさんに書き下ろすのはこれで五本目になる。自分の劇団を休んでいるのに他劇団に書き下ろすのは、さすがに気が引けるのだが、座長の佐藤B作さんに頼まれると、どうも断れない。十年以上前に最初に僕らの芝居を誉《ほ》めてくれたのがB作さん。その恩義もある。毎回これで最後と言いながら、気づいたらこんなに書いてしまった。

今回のヴォードヴィルは客演が凄い。伊東四朗さんに角野卓造さん、そしてはしのえみさん。これだけのメンバーが揃うのも、B作さんの人望あってのこと。この豪華キャストと毎日稽古場で会える喜びを、日々感じている。

実は、僕とB作さん、そして伊東さんとはしのさんには共通点がある。全員丑年なのだ（ちなみに角野さんはねずみ年）。伊東さんより一回り下がB作さん、その一回り下が僕、さらに一回り下がはしのさん。

はしのえみさんは、欽ちゃん劇団出身である。今回の舞台でも天性のコメディエンヌぶりを発揮してくれている。つまり丑年生まれは喜劇役者になる可能性が物凄く高いというのが、僕の説である。お昼のバラエティーの名物司会者二人（みのもんた＆タモリ）が同じ誕生日であったことを知った時以来の、衝撃の発見だ（僕自身はコメディアンではありませんが、喜劇人ということで）。

丑年喜劇人説。これだけでは説得力に欠けるとおっしゃる皆さん。驚いてはいけません。伊東四朗さんの二回り上には、なんと森繁久彌さんがいらっしゃいます。さらに調べてみると、森繁さんと伊東さんの間には「昭和の爆笑王」故林家三平さんが、そして森繁さんの一回り上には、エノケン・ロッパと並ぶ三大喜劇人の一人、故柳家金語楼さんが。さらに金語楼さんの一回り上には、なんとあの喜劇王チャールズ・

チャプリンが。これはもう運命的なものを感じないわけにはいかないでしょう。

こうなると気になるのが、はしのさんより一回り下の世代。つまり未来の喜劇人候補だ。早速インターネットで一九八五年生まれのタレントさんを調べてみる。上戸彩さん。コメディエンヌの素養はありそうだ。CMでご一緒した相武紗季《あいぶさき》さん。思い切りの良さは感じられた。男性はいないか？　チャプリン、森繁、伊東四朗の流れをくむ、未来のコメディアン。そして、僕はその男の名を見つけた。

ウエンツ瑛士。バラエティー番組を見ていると、「笑い」に対するこだわりは相当なもの。お笑い芸人以外で、自分の発言に対して「受けた」「はずした」にあれほど過敏になっているタレントさんを他に知らない。ウエンツ頑張れ！　日本の喜劇の将来は君に掛かっている！

最近、丑年に関する本が出た。それによれば丑年にはアレキサンダー大王、ナポレオン、ヒトラーという、世界征服願望の系譜もあるらしい。こっちはちょっと怖い。

B作さん見て音二郎を想像

佐藤B作さんとは、十年来のお付き合い。今回、彼の率いる東京ヴォードヴィルショーに書き下ろした作品は「エキストラ」。テレビドラマのエキストラについての物語だ。メインの俳優さんの後ろで通行人や警官やホテルマンといった「その他大勢」を演じるエキストラの皆さん。僕が実際に映画の撮影現場で見聞きしたことや、エキストラ派遣会社の社長さんに伺ったことが基になっている。

ホンを書く上でのB作さんからの要望はただ一つ。人が大勢出てくる作品にしてくれということ。前回の「竜馬の妻とその夫と愛人」が少人数の芝居だったので、今回は劇団員全員が出られる作品にして欲しかったようだ。結果、総勢二十七人が登場する群集劇となった。

前にも書いたが、佐藤B作という人は、役者としては「洗練」という言葉とは無縁の「泥臭さ」が特徴の俳優さん。そして慣れてくるとどんどん芝居が長くなるという欠点もある。しかし座長として、プロデューサーとしては、文句なく凄腕。機を見るに敏というか、劇団として今、

何をすべきかを常に考え、それを類稀なる行動力で実行に移す。だからこそ、東京ヴォードヴィルショーはここまで続いてこられたのだと思う。

今回、初めて演出を受け持ち、稽古場でB作さんと接して分かったことがある。彼の周囲には、決して張り詰めた空気が流れることがない。座長なのに偉そぶる様子は皆無。打ち合わせの最中に、廊下から若い俳優たちの雑談が聞こえてきても、声を荒らげたりはしない。そんな時B作さんは、「うるせえなあ」とぼやきながら、そっちに歩いて行って、そっと注意する。そして五十過ぎのいい大人なのに、暇さえあれば仲良しの角野卓造さんと、子供のようにはしゃいでいる。座長がそうだから、この劇団の稽古場は、いつも柔らかい空気に包まれている。

稽古が始まる前に、若手劇団員についてB作さんに話を聞く機会があった。その時彼が話してくれた、それぞれの性格、役者としての長所と欠点。稽古を重ねていくうちに分かったのは、B

作さんのコメントが驚くほど的確だったということ。「うちの若手は野放しだから」とB作さんはいつも言うが、実はちゃんと見ているのだ。

僕はこの愛すべき座長に、日本演劇史に残るもう一人の「座長」の姿を重ねてしまう。川上音二郎。明治の時代に音二郎一座を率いて欧米を巡業、「新派」の礎を築いた男。座長であり看板役者であり、そして優秀なプロデューサーでもあるこの二人。奥さんが劇団の女優さんという点も共通している（B作さんはあめくみちこさん。音二郎はマダム貞奴《さだやっこ》）。そしてどうやら、当時の記録を見ると、音二郎も役者としては決して上手い方ではなかったらしい。

僕は来年（二〇〇七年）、音二郎についての芝居をやる。毎日B作さんと接しながら、「ああ、音二郎はこんな人だったんだろうなあ」と勝手に想像を膨らませている。稽古に通いながら、僕はちゃっかり来年の舞台の取材もしていたのです。

明るく全力投球、はしのさん

今回の東京ヴォードヴィルショーの舞台に客演している、はしのえみさん。僕が演出を引き受けたのは、実は彼女が出ると聞いたからだ（B作さんには内緒《ないしょ》）。

初めてお会いしたのは、テレビ雑誌の対談。二年前（二〇〇四年）には「新選組！」にも出て貰った。

はしのさんの魅力は、何と言ってもその親しみやすさにある。彼女に会って、彼女の芝居を観て、そして彼女の笑顔に触れて、「はしのえみ」を好きにならない人はいないのではないか。さらに関東などでオンエア中の情報番組「王様のブランチ」の体験レポートコーナーに見られる、思い切りの良さ。そしてバラエティー番組で見せる、頭の回転の速さ。これらはまさにコメディエンヌには欠かせない要素であり、はしのえみは、将来の日本の喜劇を背負って立つ人材だと言っても過言ではないと思う。丑年生まれだし。

が、しかし、初めて舞台の上の彼女を観た時、若干の違和感があった。腹が立つほど達者な芝居をする人だと勝手に想像していたのだが、実際は、ちょっと違っていた。もちろん台詞回しは確かだし、動きのキレも良い。さすが萩本欽一さん率いる欽ちゃん劇団出身者だ。でも、全体の印象は、どちらかといえば演技巧者というより、全力投球で演じる、初々しい新人女優といった趣。

そして今回の稽古場でも、同じようなことを感じた。台詞がない時、たまに彼女は演技をするのを止めて、じっと佇《たたず》んでいる。手を抜くような人ではないので、決して休んでいるわけではない。意識してボーっとしているとしか思えないのだ。

なぜかと思ってその理由を聞くと彼女はこう答えた。「他の人がお芝居をしている時は、決して邪魔をしてはいけないと欽ちゃんに言われたので」

欽ちゃん劇団の舞台は、物語と同時に、個々の役者が芸を競い合うのも見どころ。中心で誰かが演じている時に、別の人がヘンに動くと、観客の視線がそれてしまう。そこで学んだ彼女の体には「役者」というより「芸人」としての「舞台での居方」が染み付いているのだろう。

でも、今回の作品は、コメディーではあっても、基本はリアリズム。舞台の上で何もせずに立っていると、逆に目立ってしまう。他人の演技の邪魔をしない一番の方法は、演技を続けること。だからはしのさんには、「ずっと芝居をしていて下さいね」と話した。

慣れないタイプの舞台で、日々頑張っているはしのさん。まだ硬いところもあるし、たまに児童劇団のような、分かりやす過ぎる演技をしたりもするけれど、天性の明るさが、彼女を生き生きと見せている。

今回の役は、エキストラ派遣会社の社員。たまに自分も衣装を着けてドラマに出演する設定だ。後半で見せる様々な「コスプレ」は、まさに独壇場。江戸時代の農民の子供をやらせて、これほど似合う女優を他に知らない。

はしのさん主演で「奥さまは魔女」のようなシットコム（シチュエーション・コメディー）を作るのが、僕の密かな夢です。

段差で捻挫、階段で骨折？

僕は元来慎重な人間なので、めったに怪我をしない。足首を捻挫《ねんざ》したのは小学校以来、およそ三十五年ぶりのことだ。

阿川佐和子さん、和田誠&平野レミ夫妻、清水ミチコさん、南伸坊さんたちとの食事会。たまに集まって、ワインのおいしいお店で無駄話をする。社交的ではない僕らだが、この人たちといる時は、不思議とリラックス出来る。といっても二人ともお酒は苦手なので、いつも炭酸水だが。

ところがこの前の集まりで、僕は珍しくシャンパンを飲んでしまった。舞台の幕がようやく開き、浮かれていたのか。僕は誰よりも速いペースでグラスを空にした。調子に乗ってぐいぐいと飲むのは、酔っ払い初心者にありがちなこと。そして自分が酔っていることにまったく無自覚なのも、やはりありがちなこと。

トイレから戻って来た時、床のわずか五センチほどの段差で躓《つまず》き、そのまま転倒した。その時初めて自分が酔っていることに気づいた。左足首に激痛が走る。足をひきずって、皆のところへ

戻った。「捻挫しちゃったみたいです」。捻挫には詳しいというレミさんが「そういう時は冷やさないと駄目よっ」と、お店の人から氷を貰ってくれた。足首を見ると、心なしか腫れているようだ。一気に酔いは醒めた。

翌日、近所の整体へ。足先まで固定され、包帯でぐるぐる巻きにされた。たいした怪我ではなかったが、捻挫は馬鹿に出来ないらしい。しばらくは自宅で安静に、と言われたが、運悪くその日は夜に授賞式の予定が入っていた。「THE有頂天ホテル」がヒットしたので、賞を頂いたのだ。

松葉杖《まつばづえ》をついて会場へ。会う人会う人に「どうしたんですか」と質問される。心配してくれるのはありがたいが、そう何度も聞かれると、だんだん煩わしくなってくる。怪我して初めて知る怪我人の気持ち。これからは松葉杖をついた知り合いには、決して「どうしたんですか」と聞かないようにしようと心に固く誓う。

授賞式。ステージ上で司会の方が尋ねる。「三谷さん、足、どうされたんですか」。簡潔に事情を説明。ところが、早く切り上げたかったので気が焦っていたのだろう。「段差で転んだ」と言うところを、「階段で」と言い間違えてしまった。

次の日のスポーツ新聞。よほどニュースがなかったのか、なんと、それが記事になっていた。そこでは、僕が泥酔して階段から足を踏み外したことに。さらに携帯電話で見ることが出来る最新ニュースにも、これが配信された。「三谷幸喜氏、泥酔して階段で転倒」。あれよあれよと言う間に、ちょっとした無頼派作家だ。

翌日、劇場へ行くと出演者の一人、山口良一さんに言われた。「酔って自宅の階段で転んで骨折したと聞きましたが、大丈夫ですか」。こうやって話は少しずつ大きくなっていくのですね。とても飲んだのがシャンパン一杯で、こけたのがたった一段だとは、もはや言える状況ではない。

もうお酒は飲みません。

「有頂天大飯店」台湾上陸

一泊二日で台湾に行ってきた。台北金馬影展という映画祭に「ＴＨＥ有頂天ホテル」が招待されたのだ。滞在約十三時間の強行軍。

深夜、台北に到着。空港ロビーで、いきなり僕の名前のプラカードを掲げた人たちに遭遇した。眼鏡を掛けた若い女性二人。一人は厚紙に貼り付けた僕の似顔絵を持っていた。僕の作品は、台湾でも映画が上映されたり、テレビドラマがオンエアされているらしい。

「ミタニサン、ヨウコソ、タイワンへ！」

彼女たちは日本語も達者だった。僕がやって来るという情報を聞いて、ずっと待っていてくれたという。ありがたいことです。

「ミタニサン、アシ、ダイジョーブデスカ？」

僕の捻挫のニュースは、既にこっちまで広がっていた。日本の芸能ニュースは、ほとんどがインターネットで、台湾にも紹介されているようです。

翌日、映画祭の会場へ。初めて見る台北の街並みは、どこか懐かしかった。それは僕が子供の頃の東京の姿に少し似ていた。決して洗練されてはいないんだけど、勢いに溢れた街。人の歩くスピードがやけに速い。車も速い。街中を猛スピードで走るバス。街全体が、映画の早回しを観ているような感じだ。

「THE有頂天ホテル」は既に二回上映されていて、四百席の会場がどちらも満席だったそうだ。映画祭が行っている人気投票では断トツの一位。こちらでのタイトルは「有頂天大飯店」といいます。

上映の前に、舞台挨拶を行《おこな》った。一番前の席には、昨夜の空港にいた女性たちが、友人を連れて陣取っていた。皆、僕の似顔絵（しかも同じもののコピー）を持っている。嬉しいけど、ズラリと並んだ僕の顔は、ちょっと異様。

上映中は、終始、笑いが途絶えることがなかった。というより、はっきり言って、僕は自分の作品でこんなに大笑いする客席を見たのは初めてだった。あまりに皆さん、爆笑するので、これはひょっとしたら「仕込み」なんじゃないかと、疑いを持つほどだった。僕が笑って欲しいと思って書いた台詞では、百パーセント確実に笑いが起きていた。こんなことは日本でもあり得ないことだ。クライマックスで、西田敏行さんが記者会見場に乱入する場面では、拍手まで起きた。まさに最高のお客さんだった（ただ、日本では確実に笑いが起きていた、西田さんのおケツのシーンだけは、逆に静まり返っていた。なぜ？）。

海外の人々に笑って貰えるのは、やはり気持ちがいい。笑いには国境はないということを、改めて感じた。こうなったら、もっといろんな国の皆さんを笑わせたいものだ。今後の目標とさせて頂きます。

ところで舞台挨拶では、海外では必ずやる、例のジョークを披露した。中国語は、子音がちょっと違うだけでまるで通じないらしく、反応はゼロ。落ち着いて、もう一度言い直すと、今度は大爆笑だった。これで英語、ロシア語、ドイツ語、フランス語、中国語を制覇したことになります。

新しい趣味です、アナグラム

「足首を捻挫した時は、出来るだけじっとしてなきゃ駄目よ」と教えてくれたのは、捻挫経験者の平野レミさん。その言葉を守って、この数週間、授賞式と台湾の映画祭に出席した時以外は可能な限り、自宅で安静にしていた。

この連載のイラストを描いてくださっている和田誠さん（レミさんは奥さん）の新刊『ことばの波止場』を読む。様々なことば遊びについてのエッセイ。その中にアナグラムのことが書いてあった。いわゆる文字の並べ替え。子供の頃に自分の名前を入れ替えて「海に来た子」というフレーズを考えた。それがアナグラムだ。

本の中に、和田さんが黒柳徹子さんの別名をアナグラムで考えるくだりがあった。和田さんが作ったのは「納屋ロッテ小菊」。ミドル・ネーム入りだ。「むずと蹴《け》るお宮恋人不和の図か」。これは「古池や蛙《かわず》とびこむ水の音」の並べ替え。和田さん作。『金色夜叉』のワンシーンだ。

早速、僕もこのアナグラムに挑戦してみる。なにしろ時間はたっぷりある。まずは「黒柳徹

子」。これはすんなり出来た。「つなぎ家てこ六」。落語家の名跡「林家彦六」を意識してみた。

続いて「古池や〜」に挑む。これは難しかった。ひたすら集中して考える。なにしろ時間は山ほどある。半日で完成した作品がこちら。「和美ことTom's wifeの桶屋《おけや》Bill」。アメリカ人のビルは、和美と名前を変えてトムの妻となり、今は日本で桶屋を営んでいる。東京の下町で慎《つつ》ましく暮らすゲイカップルの姿を描いた作品。英語が入っているのが新機軸。

和田さんにファクスで送る。すると数日後、お返しのファクスが来た。僕と妻の名前のアナグラムだった。「ご夫妻がお笑い芸人に転向しました」の注釈付き。「刺身家小鳩（サシミヤコバト）」と「雲丹木蛸実（ウニキタコミ）」。その脇には、漫才をやっている僕ら夫婦のイラストも添えてあった。

こうなったら、こっちもお返しするしかない。なにしろ時間は山ほどある……。「和田誠」も

「平野レミ」も文字数が少ないので、ここはお二人まとめて考えることにした。

まず「わだまこと」の中に「ことだま」が入っていることに気づく。言葉遊びが大好きな和田さんの中に「言霊」が隠されていたとは！

それを出発点として考えたのが「我、言霊のみらひ（未来と読んでください）」。やや意味不明だが、アナグラムの楽しさを教えてくれた和田さんに捧《ささ》げるのに、これ以上の言葉があるだろうか。もう一つ思いついたのが、「笑ひの言霊、レミ」。こっちは「レミ」がそのまま残っているので、出来のいいアナグラムではないのだが、いつも突拍子もない発言で、周囲に笑いを振りまいているレミさんにぴったりだと思い、二つまとめて和田さんに送った。

最近は何を見ても、つい頭の中で文字を並び替えてしまう。すっかりアナグラムマニアである。

捻挫のおかげで、思いがけず見つけた新しい趣味。ずいぶん地味な趣味だけど。和田さんに感謝。

数字題名の映画、傑作の法則

池袋にある新文芸坐。いわゆる名画座だ。今から二十五年ほど前、まだ文芸坐に「新」の文字が付いていなかった頃、大学生だった僕はよくこの映画館に通った。ＤＶＤもなく、レンタルビデオ屋さんも珍しかった時代。古い名画を観るためには、こういった名画座に通うしかなかった。

ビリー・ワイルダーの特集をオールナイトでやった時のこと。深夜だというのに満員の客席で観た「あなただけ今晩は」。ラスト近く、セーヌ川の中から死んだはずのＸ卿が自力で這《は》い上がって来る爆笑シーンで、客席から大拍手が起こった。ワイルダーファンの僕は自分のことのように嬉しかった（その話をワイルダー本人にしたら、「日本人は変わっている」と仏頂面で答えていたけれど）。

新文芸坐の六周年記念イベントに参加した。「和田誠が『もう一度観たいのになかなかチャンスがない』と言っている日本映画」

僕がトークコーナーのゲストに呼ばれた日は、一九五六年の「死の十字路」（井上梅次監督）

と五七年の「三十六人の乗客」（杉江敏男監督）の二本が上映された。イベントのタイトル通り、どちらの映画も、こんな機会がなければなかなか観ることの出来ない作品だ。もちろん僕も初めて。

「死の十字路」は、コロンボや古畑のように犯人側から事件を描く、いわゆる「倒叙ミステリー」。江戸川乱歩原作の、まったく先読みが出来ないクライムストーリーだ。妻を殺害する会社社長役が三國連太郎さん。三十代の三國さんが五十代を老けメークで演じている。僕らはその後の、実際に歳をとった彼の姿を知っているから、なんだか観ていて不思議な感覚に陥った。

「三十六人の乗客」は昔からタイトルだけは知っていて、どうしても観たかった作品。タイトルに人数が入っている映画には駄作はないというのが僕の持論である。「三人の名付け親」「七人の侍」「オーシャンと11人の仲間」「十二人の怒れる男」「十三人の刺客」、どれも傑作。それが三十六人もいるんだから、面白くならないはずがない。しかも物語はほとんど深夜バスの中だという。まさに「限定された空間」好きの僕にとっては、堪《こた》えられないシチュエーションではないか。

ようやく観ることが出来た「三十六人の乗客」。こちらもミステリーなので、あまり具体的なことは書けないのだが、想像通り傑作でした。いや、想像以上。犯人捜しのサスペンスあり、コメディー風の味付けあり、そして感動の人間ドラマあり。まさに面白さてんこ盛りの、一大エンターテインメント。確かに今観ると、やや古めかしい部分もあるが、「とにかくお客さんを楽しませるんだ！」という作り手側のポリシーというか執念は、五十年経《た》った今でもまったく古びていない。

映画は娯楽であるということを、改めて感じさせられる作品だった。やっぱりタイトルに人数の入った作品に駄作はない。

そんなわけで和田さん、次は「妖刀物語　花の吉原百人斬り」を是非！

なんだか「出演」の多い年

最近、何かの雑誌で目にした自分の記事で、肩書が「脚本家、映画監督、俳優」と紹介されていて度肝を抜かれた。合っているのは最初の一つだけ。まず僕は「異業種監督」の一人であって、本業はあくまで脚本家。それに今の実力で映画監督を名乗るのは、さすがに恥ずかしい。ただ、そう言いながら既に三本も映画を作り、四本目の準備に入っているわけで、「僕はプロじゃないから」という言い訳もそろそろ通用しなくなってきている。監督としては次の作品が正念場でしょう。

それより問題なのが次の「俳優」。これははっきり断言できる。僕は俳優ではない。確かに今年（二〇〇六年）は表に出る仕事が多かった。大河ドラマにも出演したし、現在公開中の市川崑監督作品「犬神家の一族」にもちょい役で出ている。テレビのCMにも出演、踊りも踊った。

しかし断っておくが、僕は俳優ではないし、今後、役者になるつもりもない。それはプロの俳優さんに失礼というものだ。例えば同世代の生瀬勝久さんと比べれば、僕の芝居の下手さは歴然

だ。相島一之は劇団時代からの仲間で、確かに昔は僕の方が芝居上手だった時期もあったが(当時は僕も舞台に立っていた)、いつの間にか立場は逆転。今では、役者三谷は相島の足元にも及ばなくなっている。

だから僕は、自分の映画には決して自分をキャスティングしない。同業者でも、鴻上尚史さんやケラ(ケラリーノ・サンドロヴィッチ)さんの方が、遥かに芝居もうまいし、ビジュアルも魅力的。自分を使うなら、その前にあの人たちに声を掛けるでしょう。

「犬神家の一族」を試写で観た時、僕の登場シーンで恐れていたことが起こった。客席が沸いたのである。僕のあのちょび髭姿を見て、お客さんが笑ったのである。あれは明らかに失笑だった。いたたまれなかった。授業参観日に、皆の前で間違った答えを言ってクラス中から笑われている自分の息子を、教室の後ろでじっと見ている父親の気分は、きっとあんな感じなのではないか。監督に申し訳なかった。映画自体はミステリーとしても人間ドラマとしても一級品なのに、僕のシーンだけが、浮いていた。やっぱり表に出る人間ではないようです。

とは言うものの、ＣＭは実は年内にもう一本撮ることになっている。年末にテレビでオンエアされる「ＴＨＥ有頂天ホテル」では、ホテルアバシティに泊まっているという設定で、タキシード姿で最初と終わりに登場、解説を行う（もう収録しました）。そして来年公開のある映画に、またまたワンポイントで出演（既に撮影は終わりました）。嫌がっているわりには、結構出てるじゃないかとお思いかもしれないけど、そこが人間の不思議なところ。話を貰うと、なんだか面白そうで、つい引き受けてしまうんですね。でも俳優では決してありません。こんな僕でも需要があるのは、コメディアンじゃないのに、おかしなことをするところに意味があるのだから。

そんなこんなで、今年も終わり。来年は舞台が三本と映画が一本。忙しい一年になりそうです。よいお年を。

「007」をまとめて観ると

大晦日《おおみそか》は家族揃って（といっても妻と二人で）、朝からDVD三昧《ざんまい》というのが我が家の仕来りだ。今回のテーマは「007」。新作を除いた全二十作品を網羅したBOXセットを購入。銀色のアタッシェケース入り。持ち歩くだけで英国諜報《ちょうほう》部員の気分になれる、かなりマニアックな造りだ。

妻は007を一度も観たことがないという。スパイ映画そのものに何の興味もないらしい。僕の世代ではボンドといえばやはりショーン・コネリーだが、彼女にはそういった思い入れもまるでない。そこで新ボンドのダニエル・クレイグを除いた五人の歴代ボンド役者の、それぞれの代表作を順番に観てゆき、冷静な目で、彼女にボンド№1を選んでもらおうというのが、今回の趣旨。

ノミネート作品は、ショーン・コネリーの「ロシアより愛をこめて」、ジョージ・レーゼンビーの「女王陛下の007」、ロジャー・ムーアの「私を愛したスパイ」、ティモシー・ダルトンの

「消されたライセンス」、ピアース・ブロスナンの「ダイ・アナザー・デイ」。このうち「女王陛下の007」と「ダイ・アナザー・デイ」は僕も初見である。
すべて観終わった後の妻の総括は「007はオースティン・パワーズに似ている」。「オースティン・パワーズ」が007のパロディーであることを急いで説明した。彼女に言わせると「パロディーというより、ほとんど同じじゃない？」。スパイ物を見慣れていない妻には、007自体が荒唐無稽《こうとうむけい》なコメディーに見えたらしい。
彼女にとってのベストボンドは、やはりショーン・コネリー。なによりも愛嬌がある。それでいて冷徹。陽性でクールという、相反するキャラが同居しているところがボンドらしくていい、と妻。これまで007を観たことがなかった人間とは思えない、鋭い分析だ。でも男として魅力的なのはティモシーだわ、と彼女はつけ加えた。さすがジョン・トラボルタが理想の男性というだけあって、濃い顔が好みのようです。

僕にとっても、いくつかの発見があった。まずあまり評判が良くない「女王陛下の００７」が、実は結構名作だったこと。ボンド物というより、サスペンスとして一級の作品だった。

そして初めて気づいた、００７シリーズと寅さんシリーズの共通点の多さ。落語の枕のようなミニエピソードがあって、それから本編に入る構成。主人公のホームグラウンドから話が始まって（ロンドン、柴又）、それから世界（日本）各地に飛ぶ筋立て。主人公を取り巻く魅力的なレギュラー陣（例えて言うなら、上司Ｍはおいちゃん、発明家Ｑはタコ社長、ミス・マネーペニーはさくらか）さらにボンドガールにマドンナ。そしてどちらも名曲中の名曲と言うべき、テーマ曲を持っている。

長年にわたって人々に愛されてきた二つのシリーズは、実は兄弟のように似ていた。今度の新ボンドも結構評判がいいので、そうなると、寅さんの新作もそろそろ観たくなるが、でもこっちは、渥美清さん以外には、ちょっと考えられないなあ。

戦うプロデューサー重岡さん

映画のプロデューサーが、実際どういう仕事をしている人なのか、皆さんはご存じですか。実を言うと僕自身もよく理解できていない。一番分かりやすい説明は、一本の映画を作る時にもっとも長くその製作に携わっている人。

例えば脚本家は、ホンを書き終わったらお役御免だし、監督はホンが完成するあたりから参加する（そうでない場合もあるが）。役者が関《かか》わるのは、基本的には撮影の間だけだし。宣伝チームがもっとも忙しいのは、映画が完成してから。プロデューサーだけが、脚本家がホンを書き始める前から、そして映画が公開された後まで、ずっとその作品に関わり続ける。

一本の映画にP（プロデューサー）は何人もいるのが普通だが、「THE有頂天ホテル」でもっとも長い時間、作品に携わったPは、間違いなくフジテレビの重岡由美子さんだ。お正月に放送されたスペシャル時代劇「明智光秀～神に愛されなかった男～」のプロデューサーでもある。

企画を考えるところから始まって、台本作りにもかなり彼女の意見は反映されている。キャス

ティングやスタッフの決定といった、撮影開始までの一切を仕切ったのも彼女。年末にオンエアされたテレビ版の最終チェックも、重岡さんの仕事だった。恐らく世界であの映画を一番沢山観たのは、彼女だろう。

僕よりも若く、小柄で童顔なので、失礼ながら、とてもやり手のプロデューサーには見えない。いつもお洒落な格好をしているので、見た目は、ちょっと疲れたフランス人形といった感じか（これも失礼ですね）。一見か弱そうに見えるし、本人が言うにはかなりの虚弱体質らしいが、根性は据わっている。学生の頃はプロレス同好会に所属していたという話だし、「ロリータ重岡」の名前でリングに上がったこともあるらしい。ちなみに特技は顎で相手の急所をぐりぐりと突く独自の技だという（本人談）。

今、僕は重岡さんと次の映画のホン作りをしているところだ。なかなか頑固な人なので、意見が衝突することも少なくない。でも僕には、これまでの経験上、彼女の言う通りに作れば間違いはないということが分かっている。だからぶつかりながらも、どうすれば重岡さんが納得するホンになるのか、頭ではそのことを考えている。「ラヂオの時間」からのお付き合いだが、今や僕にはなくてはならないスタッフの一人だ。

重岡さんは、納得いかないことがあると、ベテランのスタッフに対しても、きちんと意見を言う人。その場さえ揉めなければいいという、事なかれ主義のプロデューサーが多い中、その存在は貴重だ。どうしても許せない監督を、バッグで殴ったという逸話もある。自分は血が薄いので疲れやすいといつも嘆いているが、連日徹夜の作業が続いても、きちんと現場に立ち会う。責任感が強いということは、自分の関わった作品に対して愛が深いということだ。

「ロリータ重岡」は、リングをテレビや映画の現場に変えて、愛する作品のために、今日も戦い続けているのである。

今は何年？　彼女の名は？

物忘れがひどい。四十五年生きてきて、脳もそろそろガタが来始めているのか。

以前は記憶力には自信があって、仕事の予定は全部頭に叩き込み、メモひとつしなかった。今は事細かにスケジュール表に書き込まなければ駄目である。そもそも今年が平成何年なのか、どうしても覚えられない。と書きながらも、（あれ、本当は何年だったっけ）と、既に曖昧《あいまい》になっている。なんとなく平成十七年のイメージがあって、新聞を見てみると……わっ、いつの間に十九年になっているのだ！　そしてついこの間も、同じことで同じように驚いたのを思い出した！

忘れるといえば、人の名前もお手上げ。青木さやかさんというタレントさんがいる。彼女の名前が覚えられない。妻と会話していても「ほら、あの大柄な、ちょっと前にセミヌードになって、水泳が得意で、ピアノもすごく上手な人」と、名前以外の情報はほとんど出てくるのに、肝心の名前が。そしてどういうわけか、我が家の会話の中には、「青木さやか」が頻繁に登場する。見た目のわりにはどこか控えめな感じがして、僕たちは彼女のファンなのだ。だったら名前くらい覚えろという話ですよね。

日常生活でも、物忘れはどんどんひどくなっている。最近外出することが少なく、ちょっと太った。妻からお風呂上がりに体重を量るようにと指令を受ける。ところがこれが出来ない。浴槽から出た時は覚えているのに、気づいた時は、既にパジャマを着てリビングで寛《くつろ》いでいる。当然ながら全裸で量らなければ意味がないのだが、一度着たものを脱いでから量る気にはならない。結局翌日に持ち越しとなる。次の日、湯船の中で（今日こそは量らなくちゃな）と固く誓い、頭を洗っている時も誓い、タオルで体を拭《ふ》いている時も誓ったというのに、ハッと気づくと、またパジャマ姿でリビングで寛いでいる。こうなるともう、溜《た》め息をつく以外にない。

部屋の整理をしていて愕然《がくぜん》とする。以前、ここでも紹介したお気に入り映画「博士の異常な愛情」のDVDが、なんと三本もあった。前に買ったのを忘れて、さらに買ってしまい、それ

も忘れてまた買ってしまったのだ。

新幹線で大阪から帰る時、手元に何も本を持っていなかったので、駅のホームの売店で、車内で読む文庫本を買う。さんざん悩んで「頭の回転がよくなる」と書かれたクイズ本を購入。座席に座って読み始めた瞬間、それが前に新幹線に乗った時に売店で買ったものとまったく同じであることに気づく。自分が嫌になる。

そして先日、さらに恐ろしいことが起こった。遂にその時がやって来たのだ。眼鏡を掛けている人間にとって、もっともやってはいけないこと。すなわち、眼鏡をおでこにずり上げた状態で、眼鏡を探してしまったのだ。今時、サザエさんの世界でも見かけない光景。そしてさらに今、気がついたのだが、あれ、物忘れの話って前にも書かなかったっけ？　ああ、僕は一体これからどうなっていくのか。

こんなに踊っていいのかな

僕が出演している航空会社のCMの、新しいバージョンが流れている。空港ロビーに現れた僕が、館内放送のチャイムを携帯電話の着信音と間違ってポケットを探っているうちに、何故《なぜ》か「おニャン子クラブ」の歌に乗って踊り出し、そこへフライトアテンダントに扮した女優の相武紗季さんが現れて、一緒に踊る。よくよく考えてみたら、かなりシュールな内容だ。

僕が登場するパターンはこれで五本目だが、前回から監督が市川準さんになり、はちゃめちゃ度が加速したように感じる。市川監督には映画版「竜馬の妻とその夫と愛人」でお世話になった。僕の尊敬する方の一人だ。前回の撮影時、現場で突然「踊ってもらうから」と監督に言われた。無茶なことをさせるなあと思ったが、演者としての仕事の時は、監督の指示に百パーセント従うのが、自分のポリシー。渡された「おニャン子クラブ」のVTRを見ながら必死に振りを覚えた。リハーサルを繰り返しているうちに、次第にオリジナルから遠のき、結局、独自の振りになってしまったが。

今回は踊りがさらにエスカレート。当日は振り付けの先生が来て下さって、細かい動きをつけてくれた。と言っても僕はダンスの素養がゼロ、踊れるものと踊れないものがある。最終的には、またしても自己流になってしまった。

　それにしても、一体誰が最初に僕を踊らせようと思ったのだろうか。僕ほど舞踊と縁のない人間もいない。これまでの人生で、人前で踊ったことは皆無だし、クラブだって一度しか行ったことがない。前回のＣＭで、僕は初めて自分の踊っている姿を見たのだが、そのあまりの奇《き》天烈《てれつ》な動きに唖然となってしまった。しかし自分で言うのもなんだけど、確かにちょっとだけ「面白い」と思った。もちろん動きのヘンな部分だけをうまく編集で繋《つな》いでくれる、市川監督の力が大きいのだけれど。

　そんなわけで画面だけ見ると、僕が物凄く楽しんでやっているように見えるかもしれないが、実は踊るので精いっぱいなのです。脚本家がＣＭでここまでダンシングしていいのだろうかという、葛藤《かっとう》もある。

ちなみに僕の「相方」、相武紗季さんの頑張りは素晴らしい。僕よりも遥かに短時間で、完璧に振りをマスター。本番でもほとんど間違えることはない。

何人かの知り合いから「あれは合成なのか」と質問された。僕の動きがやけに速いのと、顔と体のバランスが合ってないのでそう見えたらしい。断っておくが、合成ではありません。僕は意外と動きが素早く、そして体形がアンバランスなのです。すみませんでした。

撮影中こんなことがあった。休憩時間に、現場の隅の目立たぬ場所で自主稽古をしていたら、慌ててスタッフが呼びに来た。「そこはまずいです！」。いつの間にか僕は踊りながら、一般の人が通るスペースに出て来てしまっていたのだ。周囲に人がいたが、てっきりエキストラの方だと思っていた。目の前でひたすら無心に踊り続ける背広姿の男は、彼らの目にはどう映っていたのだろうか。

青春の「粗食」の味、再び

朝の食卓。目の前に並んだ野沢菜と梅干し。どちらも貰い物だ。一方がご飯の隣に来ることはあっても、両方が並ぶことは我が家ではあまりない。二つを同時に口に入れた時、脳裏にあることが蘇った。

大学生の頃だから、二十五年近く前になる。学校のあった江古田の街。駅を出て、学校とは反対の方向に五分ほど歩いた住宅街の片隅にその喫茶店はあった。そこではいつもジャズのレコードが流れていた。名前は確か「プアハウス」だったと思う。

お客さんの大半は大学生。それも僕の大学は離れていたので、ほとんどは近くの音大の学生さん。無駄話は一切せず、黙って文庫本を読みながらコーヒーをする。僕はそのやけに落ち着いた雰囲気が好きで、そこにいれば知り合いに会うことも少なく、世間話に気を使う必要がないのも嬉しかった。コーヒーにアーモンドが付いてくるのも、当時の僕にはとてもお洒落に感じられた。

いわゆるジャズ喫茶だが、客層が学生中心なので、軽い食事も出来た。人気メニューが店名に掛けた「粗食セット」。洋風おじやの上に梅干しと野沢菜が並び、その脇に鶏肉のカレー煮が一切れ。そしてその上にチーズが乗っている。梅干しにチーズというのが一見ミスマッチだが、口

の中で梅干しの酸味と乳製品のまろみがからみ合うと絶妙の味わいが生まれる。野沢菜の歯ごたえも効いてるし、一切れとはいえ鶏肉の存在も大きい。コーヒーが付いて、確か五百円もしなかったと思う。

　つまり、自分にとって青春の味といえば、この「粗食セット」なのだ。僕はその朝、目の前に並んだ梅干しと野沢菜によって、青春の味を二十数年ぶりに思い出したわけだ。目の前の妻を放ったらかしにして、一人あの頃を懐かしんでいると、今度はあの「粗食セット」そのものをどうしても再現してみたくなった。

　妻に「明日の朝ごはんは僕が作ります」と宣言。翌日、イヌの散歩の帰りに、コンビニの惣《そう》

菜《ざい》コーナーで鶏のから揚げを購入する。冷凍ご飯を解凍、水で洗ってぬめりを取ってから、鶏がらスープで煮込む。大きめの器に注いで、中央に梅干し一個。周囲に野沢菜と鶏肉をトッピング、その上にとろけるチーズを一枚乗せたら完成。記憶の中では、ご飯の上で梅干しの赤と野沢菜の緑とチーズの黄色が眩《まばゆ》いばかりに輝いていたのだが、いざ作ってみると、上からチーズを乗せたので黄色一色。実際はどうだったのか。

鶏がカレー煮でないのが残念なところだが、それ以外はほぼ完璧に再現出来た。とろりと溶けたチーズと、梅干しの酸味と鶏肉の甘味が、舌の上で渾然《こんぜん》一体となる、その瞬間。それは紛れもなく、青春時代に自分の口の中を通り過ぎていった、あの瞬間そのものであった。

半ば涙ぐみながら「青春の思い出」を噛《か》みしめていると、まだ箸《はし》を付けていなかった妻が遠慮がちにつぶやいた。「これほど貧乏臭い料理は見たことがない」

ま、確かにそうなんですけどね。

思わぬ出会い、史実の楽しさ

このところ、今年（二〇〇七年）上演する二つの舞台のホンを、並行して書いている。一つはパリを舞台にした、ゴッホやゴーギャン、スーラといった後期印象派画家たちの群像劇。もう一つは、明治時代に、日本で初めてアメリカ巡業を成功させた、川上音二郎一座の物語。どちらも史実を題材にしたお話だ。

「新選組！」以降、どういうわけか、実在の人物を扱った作品が続いている。別に人物伝作家になるつもりはないので、たまたま続いたのだと思う。描いた人物も近藤勇、ミヤコ蝶々、堀部安兵衛、ゴッホ、川上音二郎と、全く脈絡がありません。

歴史上の人物を描く時は、既に知られているイメージを逆手に取ることが出来て、そこが面白い。作者が頭の中で作り上げた架空の人物たちの物語に比べ、知った名前が出てくれば、お客さんはそれだけ早く話に入り込める。その分、こっちも同じ時間内で、より深いところまで物語を描けるという利点もある。

日本演劇史の異端児、川上音二郎。彼はボストンのトレモント劇場を借りて「ヴェニスの商人」を上演している。近くの劇場で名優ヘンリー・アーヴィングが演じていた「ヴェニスの商人」を観て感動、「俺《おれ》もこの芝居をやろう」と、たった一晩で稽古をしてぶっつけで演じた。役者は当然台詞が覚えられない。そこで彼らは、観客がアメリカ人で日本語が分からないのをいいことに、台詞はすべてアドリブで通した。詰まったら「スチャラカポコポコ」でごまかしたというのだから驚く。

このむちゃくちゃいい加減で、しかしバイタリティーに溢れ、考えただけでわくわくするエピソードを知った時、これはもう舞台化するしかないと思った。今度の芝居はその狂乱のボストンの一夜を中心に描く。

ふと気になったのは、彼らが「ヴェニスの商人」を上演した当時、ボストンでは、どんな芝居が主流だったのかということ。早速調べてみると、音二郎が公演を行った数年前、スーザの「エル・カピタン」というオペレッタがボストンで初演されていたことが分かる。スーザといえば、「星条旗よ永遠なれ」や「ワシントン・ポスト」の作曲家。運動会でおなじみの人だ。

スタッフの調査で「エル・カピタン」の初演が行われた劇場が判明する。トレモント劇場。それは音二郎たちが「ヴェニスの商人」を上演した劇場であった。僕の中で、音二郎の強引で前向きな生き方と、スーザのマーチがぴったり重なる。こういうところに、実際の話を描く醍醐味がある。川上音二郎と、行進曲の父ジョン・フィリップ・スーザが、トレモント劇場という一点で繋がったわけだ。

スーザの名曲「自由の鐘」は、イギリスの伝説のTVコメディー「空飛ぶモンティ・パイソン」のテーマ曲でもある。高揚感抜群。それでいてユーモラス。僕は今、この「自由の鐘」を聴きながら、音二郎の物語を書いている。ゴッホも忘れてませんから、関係者の皆さん、ご心配なく。

画家仲間の中で僕好みの男

今、執筆中のもう一本の芝居は、一八八八年のパリが舞台である。ゴッホ、ゴーギャン、スーラといった後期印象派の有名画家たちがまだ無名だった頃の話。彼らがお金を出し合って一つのアトリエを借りていたらという設定で、個性の強すぎる彼らの、うまく行くはずのない共同生活を描く。実際にゴッホとゴーギャンは短い間だったけど「同棲《どうせい》」していたわけだし、スーラもこの二人とは交流があったので、皆でアトリエを持つというのも、まったくあり得ない話ではないと思う。

物語にはもう一人、シュフネッケルという人物が登場する。彼も実在の人。ゴーギャンが株式仲買人だった頃からの友人だ。一応画家仲間なのだが、描いた作品は、現在ではほとんど評価されておらず、むしろその名前は、自慢にならないあることで、美術史に残っている。すなわち「ゴーギャンに妻を寝取られた男」。

シュフネッケルは親友のゴーギャンを家に居候させてやり、そして彼に妻を奪われてしまう。

ゴーギャンが描いたシュフネッケルの奥さんの肖像画が残っていて、そこには隅っこの方に、背中を丸めた情けなーい旦那《だんな》さんの姿が。どういう思いでゴーギャンはこの絵を描いたのか。哀れシュフネッケル。しかも小説家のサマセット・モームが、このゴーギャンと奥さんとの不倫のエピソードを基にして『月と六ペンス』を発表、それが世界的大ベストセラーになってしまうのだから、まったく彼もツイていない。

ちなみにシュフネッケルは、ゴッホの絵を一時預かっていたことがあって、その間になんと「この黒猫はいらないなあ」と、自分の判断で消してしまったという、とんでもないエピソードもある（諸説あるようだが）。すなわち「ゴッホの絵に勝手に筆を入れた男」。なんだかこの人、とことん僕好みのキャラクターなのだ。

このところ、時間があれば画家が主人公の映画を観ている。「炎の人ゴッホ」、ロートレックを描いた「赤い風車」、レンブラントの「描かれた人生」、ミケランジェロの「華麗なる激情」、そして「歌麿　夢と知りせば」。画家を描いた作品には名作が多いような気がする。やはり作品を仕上げる過程がとても映画的なのと、皆さんキャラが濃いので、ドラマとしても盛り上げやすいのだろうか。

やはり秀逸なのは、「炎の人ゴッホ」に登場したアンソニー・クイン演じるゴーギャン。そんなに出番は多くないのだが、強烈な印象を残す。ゴッホ役のカーク・ダグラスが霞《かす》むほど。

まず自画像にそっくりなのが凄い。クインは、ゴーギャンの持つ温かさと尊大さ、そして天才の持つ気まぐれを見事に演じている。こいつなら親友の奥さんも寝取るよなあ、といった感じなのだ。豪放磊落《ごうほうらいらく》に見えて、意外に細かいところが気になるというのも、妙にリアル。こういう人、僕も知っています。映画の登場人物なのに、まるで本物に出会ったような気分になる。僕の芝居も、お客さんにそんな風に思ってもらえるだろうか。頑張ります。

週刊誌の突撃取材を受けて

「〇〇さんと付き合っているという噂《うわさ》は本当なんですか」と、芸能人が芸能記者から質問を受ける光景は、ワイドショーでお馴染み。しかし、まさか自分がその当事者になろうとは。

夜の八時。突然玄関チャイムが鳴る。パジャマにガウンを羽織った格好で表に出ると、三十代半ばと思われる男性が立っていた。週刊誌の記者と彼は名乗った。調べによると、最近僕がある女優さんと一緒にスポーツジムに通い、一緒に汗を流し、一緒に帰っているところが、頻繁に目撃されているという。「お二人はまるで恋人のようで、トレーニングが終わった後、彼女が三谷さんに『シャワー浴びてくれば』と言ったのを聞いた人もいるのです。お二人はお付き合いされているのですか」

その女優さんは、何度も仕事をしたことのある方で、美貌《びぼう》も演技力もトップクラスの人。同じジムに通っているのは確かだが、その記者が言ったことは全くの事実無根である。お付き合いしているはずもない。第一「シャワー浴びてくれば」からしておかしいではないか。それはホテル

の一室で使用される言葉であって、スポーツジムで発する台詞ではない。
「ありえないですね」と僕は答えた。記者の人は、突撃取材からイメージされるような厚顔無恥な雰囲気ではなく、あくまでも紳士的な態度で、「ですよねえ」と言った。あまりに簡単に納得されたので、むしろもうちょっと突っ込んで欲しいと思ったくらい。記事にするかどうかはデスクと相談して決めますと言い残して、彼は帰って行った。
こういう類《たぐい》の取材を受けたのは初めてだ。記者が自宅まで訪ねて来るのも、もちろん初。ちょっとドキドキした。早く妻に報告したくて、はやる心でリビングに駆け戻る。興奮しながら事《こと》の次第を話している間、妻は黙って聞いていた。そして一言、「なんで家の住所が分かったんだろう」。夫の不倫疑惑よりも、記者が直接家に訪ねて来たことを彼女は気にしていた。
結局、その記事が載ることはなかった。あまりに信憑性《しんぴょうせい》がなかったので、掲載を見合わせたのだろう。やや拍子抜けの気分だったが、たとえ事実でないにしても、そんなものは載らないに越したことはない。だいたいその女優さんと記事になるなら、清水ミチコさんとの仲はどうなる。何度も一緒に二人で芝居を観に行っているのに、まったく噂にならない。あまりに清水さんに失礼ではないか。

ところがである。今度は別の週刊誌から事務所に電話が入った。まったく同じ内容の質問だった。一つのネタがたらい回しにされているのだ。迷惑な話である。当然、事務所は否定した。

その翌週コンビニでその雑誌を立ち読みして仰天。なんと僕のことが載っているではないか。もちろん中身は他愛《たあい》のないもの。結局は「美人女優とジムで会って浮かれている脚本家」というイメージしか残らない記事だったが。そんなわけで初スキャンダル。「エクササイズで有頂天」という見出しが、僕の映画のタイトルと掛けてあり、ちょっと面白くて癪《しゃく》でした。

配役もうれしい、自作英国版

イギリスで地方巡業をしていたコメディー「ラスト・ラフ」。基になった作品は、僕が書いた「笑の大学」である。

翻訳上演というのとはちょっと違う。使用されている台本は、僕のホンを基に、リチャード・ハリスという向こうの劇作家が新たに書き下ろしたもの。映画でいうところのリメークに近い。

英国のプロデューサーから、「笑の大学」を英語で向こうの俳優で上演したいという話が来た時は、てっきり僕の台本をそのまま使うのかと思った。しかし話を聞けば、そのまま上演しても、この芝居のニュアンスは観客に伝わらないという。新たに英国人の作家を立てて、英国版の台本を作りたいということ。ちょっとがっかりだった。でも、よくよく考えてみれば「笑の大学」は喜劇だ。やはり「笑い」に不可欠なのは、作り手と受け手の共通認識。日本人作家が書いた喜劇をそのままやっても、英国人が笑えるとは限らないのだ。それだけコメディーとは難しいものなのである。表記が「原作者」となるのが悔しかったが、コメディーである以上笑いが多いに越したことはない。後は向こうのスタッフに一任することにした。

　しばらくして英語版の台本が送られて来た。これでつまらなかったらどうしようかと思ったが、読んでみてぶっ飛んだ。面白いのだ。台本を読んで声を出して笑ったのは、バーナード・スレイ

ドの「セイムタイム・ネクストイヤー」以来か。
　プロットは同じだが、中身は大幅に変わっている。いかにも英国人が喜びそうな、レトリックに満ちた台詞の洪水。僕は日本人にしてはドライな台詞を書く方だと思っていたが、こうして英国人の書いた台詞と比べてみると、まだまだウエットであることが分かる。喜劇作家としては複雑な気持ちだったが、いつの日か、きちんと翻訳され海外でも上演可能な喜劇を書くために、これ以上の勉強はない。
　こうなると俄《が》然《ぜん》、英国版の公演が楽しみになってくる。やがてキャストが決定。検閲官にロジャー・ロイド・パック。劇作家にマーティン・フリーマン。これでまたぶっ飛んだ。マー

ティンはここ最近で一番笑った海外テレビドラマ「The Office」の出演者。シラっとした顔でジョークを飛ばす、英国コメディアンの伝統を受け継いだ若手俳優だ。日本では「ラブ・アクチュアリー」のAV男優役が有名か。ますます期待が高まる。

一月から始まった地方巡演は好評のようだ。僕は残念ながら舞台の稽古があるので観に行けなかったが、いずれロンドンでの上演も企画されているらしい。海外での上演が、コメディーとしてのステータスになるとは思わないが、僕の関わった作品がシェークスピアの国の観客を笑わせていると思うと、やはり楽しい。その時は、ロンドンっ子が笑っている姿をぜひこの目で確かめたいと思う。それにマーティン・フリーマンに会ってサインも欲しいし（ちなみに「笑の大学」の重要な小道具である今川焼きは、「ラスト・ラフ」の台本ではチョコレートになっていました）。

初めての油絵、性格が出た？

「コンフィダント・絆《きずな》」の稽古が始まる。中井貴一、生瀬勝久、寺脇康文、相島一之の四人の男優が演じるのは、十九世紀末に活躍した画家たち。

稽古場に絵の先生をお迎えして、実際に油絵の描き方を教えて頂いた。全員、本格的に絵を描くのは初めて。生瀬さんだけは、少年時代に絵画教室に通っていたと豪語していたが、ポスターの撮影時に、手にしたパレットが裏表逆なのを最後まで気づかなかったことから見て、話半分であることはほぼ確定している。

芝居の中でもモデルを演じる堀内敬子さんに実際に座ってもらい、全員で一斉に彼女を描く。その中で、実際に筆の持ち方や、絵を描く時の段取りを先生に教わるのだ。せっかくなので、僕も参加させてもらった。自分にとっても、もちろん初油絵だ。

趣味で似顔絵を描くことはあるが、真っ白なキャンバスの前に立つと、まったく違う緊張感。パレットに絵の具を絞り出す。ここでまず自分の貧乏性が露呈した。先生からは多めに出すよう

に言われたのに、どうしても遠慮が先に立ってしまう。何に対する遠慮なのかよく分からないのだが、分量としては、おでんの時に取り皿の端っこにちょこっとつける、練りからし程度か。

　真っ白なキャンバスに最初に筆を入れる瞬間も、自分の優柔不断な性格が出た。躊躇《ちゅうちょ》してしまって、なかなか第一歩が踏み出せないのだ。俳優さんたちに目をやると、さすが表現者は違う。皆、驚くほど思い切りがいい。最初から実にのびのびと描いている。こっちは、どうしてもダイナミックに筆を動かせない。大きなキャンバスを極力小さく使う、自分のちまちまさが恨めしかった。

　筆は、色に合わせて数本を使い分けるのだが、描いているうちに何度も間違え、結局どの筆も同じ色になってしまう。筆がそうだから、キャンバス上も推して知るべし。描くにつれてどんどん色が濁って行く。せっかちなものだから、絵の具が乾く前に別の色を重ねてしまい、さらに汚くなる。

二時間あまりで、とりあえず完成。役者四人の作品は、素人ながらも大胆な色使いで躍動感溢れる絵に仕上がった。僕のだけが、キャンバスに余白を残した殺風景な仕上がり。色も全体的にやけに青っぽい。ピカソの「青の時代」を意識したように装ったが、実は油絵の絵の具は結構高いという話を小耳に挟んで、またも貧乏性が出て、色数を極力抑えた結果のミタニブルーである。

絵には、描いた人間の個性が出るものだが、それはむしろ芸術性というより、本人の性格に由来するところが大きいのかもしれない。あとは日常の習慣ですね。絵の具のチューブのキャップをきちんと閉めないものだから、床の上にぽろぽろ落ちる。その都度、隣で描いていた生瀬さんに白い目で見られる。家でも食卓塩の蓋をちゃんと閉めずに、しょっちゅう妻に怒られているが、つまりは、そういうところが出るのである（これは絵の出来栄えには関係ないけど）。勉強になりました。

頑張ってるな、劇団の仲間

朝、何げなくテレビをつけると、「めざましテレビ」にいきなり甲本雅裕が出て来た。劇団時代の仲間である。テレビ・映画の名バイプレーヤーとして紹介されていた。甲本のことは、役者を目指して岡山から上京してきた頃から知っている。そんな彼がテレビで、演技論や人生論を、それもかなりきちんと語っているのを見るのは、非常に気恥ずかしいことである。しかし一流の監督たちが彼を絶賛し、自分の作品にはなくてはならない役者だと語っていると、やはり自分のことのように嬉しかった。

そのままテレビをつけていると今度は「はなまるマーケット」に相島一之がゲストで登場。彼も劇団仲間の一人だ。相島とは稽古場で毎日会っているので、こっちは事前に情報が入っていた。以前から僕は、彼がテレビで「三谷さん」と言うのが気に入らなかった。普段は「三谷」と呼び捨て。同い歳だし、昔からの仲間なので、そっちが自然なのだ。相島によると、カメラの前では「さん」をつけるようにと、事務所の社長さんから言われているらしい。やはり役者が作家を呼び捨てにするのは失礼だというのだ。だったら普段も「さん」をつけろと、僕は言いたいのである。その裏表な感じが嫌なのだ。

その話を本人にしたら、番組の冒頭で相島は「事務所には『さん』付けしろと言われているけど、あえて今日は『三谷』と呼ばせてもらいます」と、まわりくどい説明をしていた。どうせそこまで話すなら、「『さん』付けするなら普段も『三谷さん』と呼べと三谷に言われた」と、その話もすれば面白いのに、ダメだな。もったいない、とテレビの前で一人で突っ込む。

相島の話は大半が新婚生活のおのろけで、ほとんど呆《あき》れるしかなかったが、彼がテレビの世界の住人として、きちんとそこに存在していたことに驚く。いつまでたっても大学を卒業出来ず、バイト先からもすぐに逃亡していた男が、カメラの前で、薬丸裕英さんや岡江久美子さんと堂々と渡り合っている姿は、感動的でさえある。

僕もテレビに出ることはあるが、自分の場合は、よその世界から呼ばれてきたという意識があり、未だにあの世界に慣れない。というより、慣れてしまったら僕のテレビに出る意義が失われてしまうような気さえする。よそ者だから、需要があるのだ。ところが、そんな姑息《こそく》な考えをあざ笑うかのように相島は、テレビの中で実に立派に、生き生きと馬鹿を演じていた。たいしたものだ。

相島も甲本も、今や映像の世界には欠かせない存在。西村雅彦や小林隆、阿南健治といった他の劇団員たちも、役者としての道を着実に歩いている。彼らの顔が知られるようになったのは、劇団解散後。つまり今の彼らがあるのは、本人の頑張りの成果で、僕はほとんど関係がないのだが、それでもかつての仲間をテレビの中に見つけるのは、僕の秘《ひそ》かな楽しみだ。

そういえば、渡米していた梶原善も、ようやく戻って来るらしい。皆さん、善もお忘れなく。

特別インタビュー

「コンフィダント・絆」な男たち

舞台「コンフィダント・絆」（二〇〇七年）

果たして芸術家たちの間に真の友情は成り立つのか？をテーマに、三谷幸喜が書き下ろした意欲作。

舞台は十九世紀のパリ。まだ無名の四人の画家たちが、とあるアトリエに今日も集まり、朝まで飲んで語り合う。ゴッホ、ゴーギャン、スーラ、そしてシュフネッケル。彼らは親友であると同時にライバルだった。信頼、うぬぼれ、嫉妬、裏切り……さまざまな感情を胸に、危ういバランスの上に成り立つ友情。ところが、絵のモデルとしてルイーズという女性が彼らの輪に加わった時、そのバランスが崩れ始める――。

四人の画家を個性豊かに演じるのは、絶妙かつ完璧ともいえるキャスティングで集結した、三谷と同世代の実力派俳優たち。

点描という緻密《ちみつ》な画法を考え、四人の中ではいち早く世間に認められた理知的なスーラに中井貴一。感情の起伏が激しく、絵を描くことに全霊を注ぐ天才・ゴッホに生瀬勝久。豪快なようで繊細、放浪と波乱に満ちた色男・ゴーギャンに寺脇康文。絵の才能には恵まれないが、お人好《ひとよ》しの美術教師・シュフネッケルに相島一之。そして、ルイーズをミュージカルの経験豊富な堀内敬子が演じ、美しい歌声で舞台を彩った。

（インタビュー・構成　尾崎由美）

「三谷が怖くて仕方ない」——相島一之さんの場合

一九六一年生まれ。埼玉県出身。

一九八七年に三谷幸喜率いる劇団「東京サンシャインボーイズ」に入り、九五年一月の休団まで、すべての作品に出演。その後は、テレビや映画へも活動の場を広げる。主な出演作は、舞台「ノイズ・オフ」「GOLF THE MUSICAL」、映画「TRICK―劇場版―」「星になった少年」、テレビドラマ「春よ、来い」「純情きらり」（ともにNHK）「ショムニ」シリーズ「やまとなでしこ」「ブスの瞳に恋してる」（いずれもフジテレビ系）「富豪刑事」シリーズ（テレビ朝日系）など多数。

近年の三谷作品では、本作のほか、舞台「オケピ！」（〇三年）、映画「12人の優しい日本人」（九一年）「THE有頂天ホテル」（〇六年）、テレビドラマ「竜馬におまかせ！」（九六年、日本テレビ系）「新選組！」（〇四年、NHK）などに出演している。

Q1．三谷さんと初めて出会ったのは、いつですか？　初対面の印象は？

いちばん最初に会ったのは、ボクが大学五年生の時かなあ。たしか二十五歳で、場所は立教大学の教室です。同じ立教の学生に、当時、劇団「東京サンシャインボーイズ」の制作をやっていた女のコがいて。ボクの友人が、学内でずっと演劇をやってたボクを、「ちょっと毛色の変わったヤツがいる」と、その彼女に紹介してくれたのがきっかけでした。

すると、紹介されて一週間後ぐらいに、三谷が立教にやってきて、「僕と一緒にお芝居をやりませんか？」って言ってくれたんです。それが最初の出会いですね。

話の具体的な内容はもうおぼえていないけれど、頭がよくて、おもしろい人だなっていう印象。意欲的だし、内側から弾《はじ》けてるものがあるな、と思いました。とても魅力的な人だったので、「じゃあ一回、三谷さんが作っているお芝居を観せてくださいい」と。そう言って観に行ったのが、「ビリケン波止場のおさらばショップ」（一九八六年）という舞台です。

それが抜群におもしろかったんで、もうびっくりしちゃったの！　すっごくオーソドックスで、起承転結があって物語がわかりやすくて――。それも、日常の延長上にあるような話だったから、それで逆に興味を持ったっていう感じですね。当時の小劇場系の演劇では、物語なんかぶち壊して、刹那《せつな》的な演劇空間を作ってしまえ、というような〝アンチ物語〟が主流だったので。

Q2. その後、どんなおつきあいがありますか?

翌八七年に、三谷が主宰する東京サンシャインボーイズに入って、九五年一月に劇団が活動を休止して三十年間の充電に入るまで、たった七年間ぐらいなんですけど、劇団というとても特殊な人間関係の中で、ともに濃密な時間を過ごしました。作家・演出家と劇団員として。ボクが今、こうやって俳優という仕事ができるのは、本当に三谷のおかげだと思っています。もう、私の師匠ですね。

その後は……。仕事ではご一緒しても、プライベートでしょっちゅう電話したりとか、そういう関係ではないです。一緒に飲みに行くようなことも全然ない。いちおう年賀状は出しますけど、まあ、向こうも事務所から来る形ですし。おもしろい、不思議な関係ですよ。

ただ、ボクがテレビに出ていたりすると、ダメ出しの電話がかかってきたりするわけですよ。「今日のは、全然ダメ」とか「よかったよ」とか。観ててくれるんですね。

でも、だからといって、「じゃあ、メシ行こうよ」とはならない。シャイだし、照れるんでしょうね。たぶん、二人きりになったりしたら、お互いに恥ずかしいんじゃないですかね、誰かがいないと。

Q3. つきあいが長くなる中でイメージは変わりましたか？

ボクがサンシャインボーイズに入って最初の何年間かは、劇団員みんなでよく飲んでたんです。まったく酒を飲まない三谷も一緒にね。誰かの部屋に泊まって、芝居の話ばかりして。

だけど、うちの劇団がよりプロの集団を目指し、大きく変わろうとした時期がありました。そこらへんからですね、三谷は意識して、なあなあのお友達ではなく、演出家と役者という距離をとるようになりました。座長としてつらい決断もしたでしょうし、とても厳しい人になりましたね。

出来の悪い劇団員だったボクは、本当によく怒られました。「台本のおもしろさがわかってないっ！　どこがおもしろいか、わかる?」とか。もうバンバン言われて。劇団が解散するころにはもうトラウマ状態で、三谷が怖くて仕方ない（笑）。何をやっても怒られるんじゃないかと。そんな時期もありました。それだけボクは、三谷に叩き込まれたんです。お芝居について、いろんなことを。叩き込まれて、これですけどね。

その時の厳しかった三谷を鮮烈におぼえているから、最近、ずいぶん優しく、丸くなってるなあと思います。お互いに年齢も重ねたし、当たり前のことなのかもしれないけど。

でも三谷のイメージっていうのは、基本的には、昔も今もまったく変わらない。何かおもしろいことを探して、おもしろいことにキャッキャと喜んで……。自分がおもしろいと思うこと、そしてみんなを楽しませること。それが彼のモチベーションなんだろうと思いますね。

Q4. 三谷作品に出演して楽しいことはなんですか？

もうね、本当に楽しい。至福の時間ですね。今回の「コンフィダント・絆」に限らず、どの三谷作品もそうなんですが、〝愛〟があるっていうか。これは、三谷の持って生まれたものだと思います。

例えばドラマの中で、役名と簡単な設定だけで人物がまったく描かれない役があるとする。それはどうよ?って思うのが三谷。登場人物全員が目立つべきだというのが、根っこにあるんですよね。だから、どんな端役のひとりに対しても、愛がある。これは役者にとっては、無上の喜びですよ。三谷を慕う役者は多いはずです。

そして、「コンフィダント・絆」の舞台をやって、改めて気づきました。昔、劇団時代には、それが当たり前だと思っていたこと——作家が、それも三谷のような才能ある作家が、自分のために台詞を書いてくれるというのは、役者として最高のことだ、って。

Q5. 三谷作品に出演して苦しいこと(イヤなこと)は?

やっぱり、ハードルが高い。「コンフィダント・絆」の稽古場でも、出演者は中井さん、生瀬さん、寺脇さんと、そうそうたる方たちだし、クリアしなければいけないことのハードルが高いんです。それだけのことを要求してる台本だよ、ということなんですね。それは苦しいことではあるけれど、同時に楽しみでもあります。腕が鳴る、というか。

濃密な稽古でした。こうしましょう、ああしましょう、というのがスコン、スコンと次々に決まっていく。何かのスポーツに例えれば、上級者だけでやる練習みたいな勢い？

それにしても三谷はやっぱり、ボクの中ではいまだに、とても怖い先生なんですよね、誰よりも。「も〜う、相ちゃ〜ん……」って言われると、「すみませんっ！　頑張ります」となる。これぱっかりは、しょうがないですね。

Q6．稽古場での「演出家・三谷幸喜」は、出演者から見てどんな印象ですか？

子供。……楽しんでいる、でも、だからこそ怖い。

生き生きしてますよ。稽古を見ながら、その間も絶えず何かおもしろいことを探している。そして、泉のようにアイデアが湧いてくるんですよね。

劇団時代には、演出家・三谷に本当にいろんなことを教わりました。最初の頃は、ボクのこのまんまの感じの役をやらせてもらっていたんです。優しくて気のいい、少しおっちょこちょいな、でも、熱いところのある青年。それが、ある時期から、それとはまったく違う役、慇懃無礼《いんぎんぶれい》な人であるとか、どこかエキセントリックな人であるとか、いろんな役をボクにふってくれて。ボクの中からそういう要素を引き出してくれたのも、三谷です。相島のおもしろさはここなんだよ、と教えてくれたような気がします。ボクだけじゃなく、彼はそれを劇団員たち全員に対してやったんだと思います。

Q7．「人間・三谷幸喜」は？

優しい人ですよ。優しすぎるのかもしれません。サービス精神がすごくある人だと思います。「人間・三谷」って改めて問われると、よくわからないかもしれない。でも、ひどいんですよ、「べつにもう、友達でも何でもないからね」とか、ボクにそんなことを言ったりする（笑）。照れ隠しなのか、本気なのか何なのか、わからないんですけど。

ボクにしてみると、三谷に対する思いが強すぎるんです。何かとお世話になってるし、結婚式でも涙が出るくらい温かい言葉をもらって。仕事の上でも、どれだけ彼に恩を受けているか……。

なんていうのか、もう、普通の友達じゃないのね。だから、普段のつきあいは、まったくないですね。連絡先？　電話番号はいちおう知っています。ケータイのメールアドレスは、ついこの間、聞きました（笑）。舞台「コンフィダント・絆」が終わってからです。メール？　しましたよ。返事も来ました。でも、その一往復ぐらいですか。

Q8．もし「コンフィダント・絆」に三谷さんが出演するとしたら、どの役がいいと思いますか？

どうなんだろうなあ。三谷自身はよく、「自分はスーラだ」と言ってるんですよね。そうなのかなあっていう気もします。でも、やっぱり、あの四人の男たち全員が、まぎれもなく三谷の分身。作家というのは、そういうもんですもんね。三谷の中に四人それぞれの要素がすべてあるんだと思います。〝ただ〟っていうのが付くけど。

三谷は、ゴッホみたいな才能を持っているけれど、ただ、あそこまで傍若無人ではない。ゴーギャンのように世を渡るすべを知ってはいるけれど、ただ、あそこまで女性に対して巧妙ではない。そして、シュフネッケルみたいに素直で優しいけれど、ただ、あそこまでバカではない、というふうに。そうすると、やっぱりスーラになるんですかねえ。

実はボクが個人的に観てみたいのは、三谷が演じるロートレック。四人に噂話をされるだけのロートレックじゃなくて、舞台に登場するなら、ですけど。

Q9．稽古場、劇場、私生活などで、三谷さんについて「これはおかしい（悲しい、腹立たしい……）」というエピソードがあれば、教えてください。

劇団時代なら、いっぱいあります。当時から、誰かにいたずらを仕掛けるのは、しょっちゅうでしたから。初期の頃は三谷も役者として出ていて、芝居をしている本番中に、小さなメモをボクにそっと手渡すんですよ。こっそり開けてみると「今日の芝居はダメ」と書かれてる。舞台上でダメ出しされてましたね。本当にいつも、人を笑わせよう、笑わせようとする。おちゃめで、めちゃくちゃチャーミングです。

そういえば、運動神経はあんまりよくないんだと思います。球技とか速く走るとか、そういうのは得意ではなさそうなんですが、でも、コケる演技は抜群にうまい！　見事ですよ。もう、びっくりするぐらい、うまい。その時々に応じた、いろんなコケ方ができるんです。間《ま》も絶妙なんですよ。手先もそんなに器用じゃないはずなのに、でも、ＵＦＯキャッチャーはすごくうまかった。こういうところも、ある意味、天才肌ですかね。

Q10. 最後に、三谷さんに一言お願いします。

いまさら、べつにないんだよなあ。とにかく、体に気をつけて、いい作品を作り続けてください。みんなが三谷の作品を待っているから。ありきたり……だね。

あと、できれば、そんなにいっぱい仕事をしなくてもいいんじゃないのかなって、ちょっと思ったりもする。三谷には、百年経っても演劇史や歴史に残っているような作品に挑んでほしい。彼はそれができる人だから。こんなこと、面と向かってはなかなか言えないのでね。

三谷の一言

相島が僕を師匠と思っているとは驚きでした。そんなこと面と向かって言われたことがないから。だけど僕は相島を弟子なんて思ったことないからなあ。はっきり言って迷惑です。

「いつも敬語で」——寺脇康文さんの場合

一九六二年生まれ。大阪府出身。

劇団「スーパー・エキセントリック・シアター（ＳＥＴ）」を経て、一九九四年に俳優・岸谷五朗とともに、舞台活動をメインとする企画ユニット「地球ゴージャス」を結成。以来、定期的に公演を続け、二〇〇六年に上演したミュージカル「ＨＵＭＡＮＩＴＹ」では、東京・大阪公演で約十万人の動員を記録した。

主な出演作は、テレビドラマ「相棒」シリーズ（テレビ朝日系）など。生放送の情報番組「王様のブランチ」（ＴＢＳ系）では、九六年から〇六年までメイン司会を務めた。〇八年ゴールデンウイークには、「相棒―劇場版―」が公開の予定。

三谷作品では、本作のほか、舞台「オケピ！」（〇三年）に出演。

Q1．三谷さんと初めて出会ったのは、いつですか？　初対面の印象は？

ボクの記憶では、「王様のブランチ」（ＴＢＳ系の情報番組。一九九六年から二〇〇六年まで寺脇さんが司会を担当）に三谷さんがゲストでいらしたんですよ、それが初めてじゃないかと思うんですけどね。間違えていたらすみません……なんですが、三谷さんもきっと、おぼえていないでしょう。

実は、三谷さんが出演した前の週に、伊丹十三監督がゲストだったんです。その時にボクの質問の意図がうまく伝わらず、放送中にボクが伊丹さんに怒られたんですね。「キミは映画をわかってないんだよ」みたいな感じで。

三谷さんはそれをご覧になっていて、「先週のあれは、寺脇さん、かわいそうだった」と言ってくれたんです。うれしかったですねえ。あ、この人はわかってくれてた、って。ですから、それは好印象ですよ。

Q2．その後、どんなおつきあいがありますか？

舞台「オケピ！」（再演、二〇〇三年）で、初めてご一緒しました。「コンフィダント・絆」が二作目です。なので、まだまだ、そんなにはって感じです。
それ以前にも、何度か声をかけてくださってはいたんです。映画「ラヂオの時間」（一九九七年）の時は、ボクのスケジュールが他の仕事と重なっていて、ようやく「オケピ！」でご一緒できた、という感じでした。NHKの大河ドラマ「新選組！」（二〇〇四年）も、「相棒」（テレビ朝日系）の撮影があってできなかったり、なかなかタイミングが合わなくて、本当に残念でした。

Q3. つきあいが長くなる中でイメージは変わりましたか？

印象は、けっこう変わりましたね。一緒にお仕事をするまで、テレビなどで見る三谷さんのイメージは、ちょっとクセ者的な、ちゃんと話ができない人なんじゃないかって思ってました、はぐらかされてしまって、腹を割って話せないだろうと。実際、ちょっと演じていたでしょ、若い頃の三谷さんは。そんなふうな〝三谷幸喜〟を。
それが、二度目の舞台「コンフィダント・絆」でようやく、わりと素直に話せるようになったというか。なんかこう、壁をひとつ取り払ったような感じがしますね。たぶん、三谷さんも年をとって大人になったから、ヘンな角がとれたんじゃないかなと思うんですけどね。

と言いつつも、同学年のはずなのに、三谷さんに対してオレはいつも敬語で話してます。オレ自身も、最初は探り探りで、ちょっと構えてしまうタイプなんですよ。一度仲良くなってしまえば、その後はもうずーっと仲良しなんですが。わりと慎重なタイプかもしれません。

Q4. 三谷作品に出演して楽しいことはなんですか?

これはね、ホン(台本)がいい、ということにつきますよ、うん。

台本が完璧だから、あとは演じればいいだけなんです。台本が完璧な時点で、舞台はもう八〇パーセント以上、成功ですからね。それは楽しいですよ!

俳優の力ですか? もちろん、俳優がさらに頑張って、一二〇パーセント、一五〇パーセントの出来に持っていこうとは思いますよ。でも、一〇〇を基準にして考えると、台本がよければ、まず八〇ぐらいはクリアしちゃうでしょうね。どれだけキャスティングをそろえたとしても、台本がいちばんですもの。

いやね、三谷さんのホンは、読むのもおもしろいんですよ。「コンフィダント・

絆」は五場あって、一場ずつ渡されたんですけど、一場読み終えるごとに、「おもしろいっ、最高！」って感じで。さあ、やるぞ、と。もう楽しいだけです。「えっ？（演じる役の）この気持ちがわからない」とか、そういうのはないわけですから。台本に関して余計な心配をしなくていいんです。

もちろん、ホン以下にはできないぞという気持ちもありますけど、プレッシャーというよりは、うれしい闘志ですね。いい意味で、ホンに負けてられないぞという気持ちが湧いてきます。

Q5. 三谷作品に出演して苦しいことは（イヤなこと）？

苦しいこと、それはね……。ホンがよすぎるということ、ハハハハハ。

三谷さんの中には、それぞれの役のイメージがしっかりあるわけですよ。台詞の言い方、どんな感じで、とか。それに、いかに近づけられるかっていうところで、苦しみますね。自分が台本を読んで考えた動きや感情の持っていき方とは違うことを、稽古場で三谷さんに言われるわけですよ。そこをすり合わせていくのが、また苦しいんですね。

さらにレベルを上げていこうとするんです、三谷さんは。その役者の演技はもうわかったと。例えばオレなら、それはいつも観ている寺脇の演技だと。それではなく、もっともっと高みへ、というふうに持っていってくれる。だから、自分が今までにやったことのない演技が出てきたりもするんですね。最初はちょっと納得できないままやっても、やっているうちに「ああ、これだ、これが正解なんだ」と思えるようになる。不思議な演出ですね。

Q6. 稽古場での「演出家・三谷幸喜」は、出演者から見てどんな印象ですか？

いつも背広を着ているんですね、ジャケットに、わりとネクタイも締めて。足元だけスニーカーなんですけど。だから、見た目はなんだかサッカーの監督みたいですね。熱かったり、冷静だったりしながら、みんなを奮い立たせていくっていう意味でも、すごくインテリジェンスのあるサッカーの監督というイメージです。

あとね、三谷さんには、役者殺しのずるい名文句があるんですよ。

「ボクは、できる人にしか言いませんから」

こ〜れ言われたら、もう、やるしかないでしょう！「認めてくれてるっ!?」みたいなね。これには、やられます、うまいですよ。

でも、できない人にも言ってるんじゃないですか? そう言えば、やるから。「え～っ?」って思いながら、まんまとのせられちゃうんです。ね、役者殺しでしょ?

Q7.「人間・三谷幸喜」は?

かわいらしい人、かわいらしいなあと思いますね。

「コンフィダント・絆」の公演中、ほんとは次の作品の台本を書かなきゃいけないのに、「みんながパルコ劇場で芝居をしてるかと思うと、なんだか寂しいから、来ちゃった!」って。

大人なのに、「寂しいんだもん」って言うなんてね。かわいらしいし、うれしいですよね。そう言われたら、「あ、この芝居をそれだけ愛してくれてるんだ」と、ボクらも思いますし。

チャーミングですよね。やっぱり、多少なりとも少年の心みたいなものを持ち続けていないと、ああいう台本は書けないんだなと思いますね。

Q8. もし「コンフィダント・絆」に三谷さんが出演するとしたら、どの役がいいと思いますか？

見た目の雰囲気から考えると、シュフネッケルかなとも思うんですけど、実はゴッホをやってほしいんです。ゴッホの狂気の部分を、すごく出せるような気がします。三谷さんは心が強い人だから、「ボクはこうなんだ！」と主張する役にすごく合うんじゃないかなあって。信念が強すぎて、他人からはそれが狂気に映るというかね。

小学校のクラスにも、たまにいるじゃないですか。そこにこだわるか？っていうところで、「ボクは、これをやりたいんだっ！」と主張する子。「ボクは、ドッジボールよりも、けん玉がいいんだあ！」みたいなことを言い出すヤツが。いいじゃん、みんなでドッジボールやろうよって言うと、「けん玉がいいんだあ！」。怖いなアイツ、みたいなね。三谷さん、そういう役がうまそうだなあ。だから、ゴッホだなと。

すぐに逃げるゴッホというのは、どうでしょうか？　主張が強くてすごく攻撃してくるんだけど、ゴーギャンが「なにぃ？」って強く言うと、「ああ、ごめんなさい……」と逃げ腰になるゴッホ。

Q9. 稽古場、劇場、私生活などで、三谷さんについて「これはおかしい（悲しい、腹立たしい……）」というエピソードがあれば、教えてください。

「コンフィダント・絆」の稽古場でのこと。見ていて、三谷さんが本当にかわいそうになった場面がありました。舞台で、堀内敬子演じるルイーズが歌う曲があるんですね。

♪ゴーギャン、ゴッホ、スーラ、シュフネッケ～ル……♪

とまあ、字に書けば、四人の画家の名を並べただけの歌詞なんですけど。

最初はメロディーだけだったんですが、ある日、三谷さんが「詞を作ってきましたので、これで歌ってください」と堀内敬子に渡しました。四人の名前が並ぶ歌詞を見た彼女は、「え？　手抜きじゃん！」って。

見ていたボクたちは内心、おい、おい、おい……ですよ。それでも三谷さんは紳士的に、「いやいや、これで歌ってください」と。すると彼女は、天下の三谷幸喜の書いた歌詞に対して、「まじで？　おかしいよ、こんなの」と言ってのけた。

いや～、堀内敬子っていうのは、恐ろしい女です（笑）。「恐れを知らぬ川上音二郎一座」ならぬ「恐れを知らぬ堀内敬子」でしたよ、ボクらの間では。

Q10. 最後に、三谷さんに一言お願いします。

これからも、天才・三谷幸喜のお役に立てることがあれば、やらせていただきたいと思っています。

もう一言、付け加えます。本番中にいたずらをするのは、やめてください！

本当にいたずらをするんですよ。三谷さん本人もエッセイに書いていたように、舞台の上で、リンゴのはずが、バナナにすり替えられていた時。「リンゴだ！」と叫ぶ台詞の生瀬さんは、「バ…？　バナナだっ！」って。オレも、「ん？　バナナぁ？　ちょっと待て、どうやって食べるんだ？　皮むいてるとヘンな間になるしな、も〜うしょうがないっ！」というのが一瞬で頭をめぐり、皮ごとかぶりつきました。

ほかにも、ちょこちょこやるんですよ。上演中、途中から劇場に来たと思ったら、客席から見えない舞台の袖から、こっちに向かって手を振ってる。目が合った時に思わず、「あ、三谷さん！」と思って、舞台の上でフツーに会釈しちゃった。オレ、今、ゴーギャンなのに。

自分で作った芝居を自分でつぶすことになったら、どうするんだって思うんですけどねえ。楽しいんでしょう、いたずら小僧ですからね。

三谷の一言

寺脇さんは、確かに僕に敬語を使います。でも僕も彼を呼ぶ時は「寺脇さん」。ヤスとは言わない。これは僕にとっては理想的な関係。これから何本も一緒に仕事をしても、ずっとこの距離を保てるといいなと思います。

「出会いは険悪な雰囲気の中で」
——中井貴一さんの場合

一九六一年生まれ。東京都出身。

大学在学中の一九八一年に映画「連合艦隊」でデビューし、日本アカデミー賞新人俳優賞を受賞。九四年公開「忠臣蔵　四十七人の刺客」で同最優秀助演男優賞、二〇〇三年公開「壬生義士伝」で同最優秀主演男優賞に輝く。

主演した米中合作映画「ヘブン・アンド・アース　天地英雄」（〇三年全米公開、〇四年公開）では、全編中国語の台詞に挑み、〇七年の日中合作映画「鳳凰わが愛」では、主演とともに初めてプロデューサーも務めた。

主なテレビドラマ出演作に、山田太一脚本の「ふぞろいの林檎たち」シリーズ（TBS系）「武田信玄」「義経」（ともにNHK）などがある。

三谷作品には、本作のほか、映画「みんなのいえ」（〇一年）「竜馬の妻とその夫と愛人」（〇二年）に出演。

Q1．三谷さんと初めて出会ったのは、いつですか？　初対面の印象は？

三谷さんと初めて会ったのは、「三谷幸喜」という名前が今のように広く世間に知られるよりも前のことです。二十九歳ぐらいの時かなあ。「天国から北へ3キロ」（一九九一年、フジテレビ系）という単発のテレビドラマに出演しまして。あるシーンを監督がカットしようとしたんだけど、脚本家がどうしてもイヤだと言っていると――。困り果てたプロデューサーに、出演者もみんなで来て会ってくれないかと頼まれて、わけもわからぬままお会いしたのが、どうも三谷さんらしいんですよ。

行ってみると、監督に対して脚本家の人が「ここをカットするのはイヤです」と、ものすごく抵抗しているんです。「あれ？　なんて頑《かたく》な、意地っ張りな作家なんだろう？」と思ったおぼえがあります。

結局、そのシーンがどうなったかは、もう忘れちゃったんですけど、頑な人、偏屈な人という印象だけは強烈に残ったんですよね。僕に対する印象も、きっとよくなかったと思いますよ。そういう感じで、出会いは険悪な雰囲気の中で、でしたね（笑）。

その脚本家が三谷さんだったとわかったのは、それから何年か経ってからです。小林聡美さんとご一緒する機会があって、「僕、三谷さんとは仕事をしたことがないんだよね」と話したら、「いや、中井さんとやったことがある、と言ってますよ」と。

確か、そこで初めて、あの時の人が三谷さんとわかったような気が……。ちょっと記憶が曖昧ですけど。

Q2. その後、どんなおつきあいがありますか？

その後、三谷さんの脚本はおもしろいと話題になり、どんどん人気が出て——。人気の脚本家の作品にみなさん出たがるけれど、僕にもどこか偏屈なところがあって、ブームに乗るのがあんまり好きじゃない。三谷さんを知るプロデューサーから評判だけは聞いて、静かに眺めていました。そうしたら、映画「みんなのいえ」（二〇〇一年）の時にそのプロデューサーから話をいただいて、〝中井貴一〟の役でほんの少しだけ出演することに。僕としては、最初の出会いのお互いの印象もあるし、誤解をときましょう、という思いもあったんです。

それからまた時間は流れて、三谷さんと本当にがっぷり組んだのは、舞台「コンフィダント・絆」が初めてなんですよね。その後のつきあいといっても、特には……。

三谷さんはプライベートで役者と会うのは嫌いな人ですから、会いませんし、携帯のメールを時々やりとりするぐらいのものですね。といっても、半年に一回とか、そんなもんです。

いちばん最近、三谷さんから来たメールは、「恐れを知らぬ川上音二郎一座」の公演中。「今日はミキプルーン（中井さんがイメージキャラクターをつとめている）の貸し切りです。中井さんは来ないんですか？」と聞かれたので、「僕は行きません」とだけ返しました。そういうやりとりですね。


Q3．つきあいが長くなる中でイメージは変わりましたか？


いや、偏屈なイメージは何にも変わらないです、はい。

けれど、舞台「コンフィダント・絆」で初めて本格的に組んでみて、作品を作り上げていくという過程の中では、非常に柔軟性がある人なんだなあということもわかりました。

最初は、みんなが「ミタニコウキ、ミタニコウキ」って言うのは、何なんだと。こぞって絶賛するなんて、僕は絶対したくないし、正直に言うと、「なんぼのもんじゃ」って思ってたんですけどね（笑）。それが、今回の舞台で時間を共有してみて、「悔しいけど、してやられたなあ」っていう感じです。

三谷幸喜がすごいのは……。稽古始まりに彼が話していたことで、よく意味のわからなかったことがあったんですけど、最終的に公演が始まるころには、「なるほど！」と思う。僕たち役者が脚本では読み込めなかったところまで、三谷幸喜は役者に演じさせるんです。「あの時に言ってたのは、これだったのか」と思い知らされるんですよ。

今では、同級生にこういう人間がいることを誇りに思います。本当に、ヘンな自負や嫉妬心などを超越して、自分と同い年に生まれた彼が脚本を書いていることに、僕は誇りを持ちました。「コンフィダント・絆」は、それほどの作品でした。

Q4. 三谷作品に出演して楽しいことはなんですか？

三谷さんは、その役者の持っている特性みたいなものを、うま〜い具合に引き出す力を持っているんですよね。お芝居をするということと、自己を出すということの壁みたいなものが、いつのまにか取り払われてしまう。よくいる演出家のように、「あ、いいですよぉ、オッケーで〜す」なんて調子のいいことは決して言わない。いいのか悪いのか、どっちなんだろ、っていう感じで見ているんですけどね。

たぶん、三谷さんも僕のことをそう思っていると思うんですけど、お互いに偏屈なので。同じ時間を過ごしてみると、三谷さんと自分が似ているなあと感じることがあるんです、偏屈以外でも……ね。

「うわあ、オレにもこういうところがあるんだろうな」と思うところがイヤな部分でもあり、「わかるなあ」と思う部分でもあり。僕自身は、俳優としてというよりも人間としてそこに存在していて、おもしろかったし、楽しかったですね。ヘンな人だなあと思って三谷さんを見てるのが、楽しかったのかな？

Q5. 三谷作品に出演して苦しいこと（イヤなこと）は？

あんまり、イヤだったことはないですねえ。あっ、でも、三谷さんて、わりと女性とはパッと話しやすいみたいなんですよ、女優さんとは。でも、男優さんとはね、ものすごく話しにくそうなんですよね。女優さんには近寄っていって、「ここは、こう」なんて言うんですけど、男優には近寄ってこないんです。

特に、僕には近寄ってこない。それがすごくイヤだったわけでもないし、苦しいことだったわけでもないんだけど、他の人のところにちょこちょこ近づいて演出みたいなことをしていると、「みんなの前で言ってよ」と思うわけです。その本人の前で小声でささやくように言ってたりするので、何で隠すんだろうって。全員に向かって言うこともあるけれど、わりと個人単位で演出していく。何か意味があるのでは……と思わせる人だけに、意外と役者は考えたりしてしまう。

Q6．稽古場での「演出家・三谷幸喜」は、出演者から見てどんな印象ですか？

演出家として、〝人を動かす〟のが天才的にうまいですね。役者をうまくのせるのではなく、自分のイマジネーションの中にいつのまにか役者を引きこむ、引きこみ方がうまいっていうのかな。役者があれっ？と思っている間に、三谷さんのイメージする動き方になってしまっているという感じ。

だけど同時に、そこに自分の発想以上のものを出せる役者がいたら、それにすぐ反応できる三谷幸喜もいるんです。「うわぁ、それのほうがおもしろいっ！」って言える三谷幸喜が。本当にいい意味で役者とコラボレーションをしていく演出家だと思います。

それも、〝役者を信じずに〟コラボレーションしていける演出家。普通、役者を信じない演出家は自分のほうに引きこもうとするだけなんですが、三谷さんは、役者を信用していないんだけど、コラボレーションも楽しんでいる感じがすごくする。それが、すごさなのかなって思うんです。

Q7.「人間・三谷幸喜」は？

やっぱり偏屈。そして、さみしがりやの独り好き、でしょうね。人にちょっかいを出されるのはイヤだけど、ずっと独りにされておかれるのも好きではない。例えば、「昨日、ご飯を食べてきましたよ、みんなで」と言われると、「あ、僕のことは誘ってくれないんだ」と、たぶん思うんですよ。でも、誘っても来ないっていう。そんな感じだと思います。

声はかけてよ、行かないかもしれないけど、と。……そこらへんのバランスが三谷さんなんだと思います。実はここも僕と似てるんですけどね。

Q8．もし「コンフィダント・絆」に三谷さんが出演するとしたら、どの役がいいと思いますか？

三谷さんは違うと言うかもしれないけれど、スーラなんじゃないかなと思います。四人の登場人物のうち、シュフネッケルが普通の人だと、多くの人が思うんですよね。ところが、シュフネッケルほどの〝いい人〟っていうのは、むしろ特別な人だと僕は思います。

実は、僕の演じたスーラが、いちばん一般的な人ではないかと。ちょっと絵がうまいという小さな優越感に浸りながら、他人の才能に嫉妬しながら生きていく――。こういう人間がいちばん多いんじゃないでしょうか。

観ているお客さんたちは、四人のうちの誰かに自分の姿を重ねたと思います。自分はシュフネッケルかなあ、ゴッホかなあ、とは言うんだけど、「自分はスーラだ」と言う人は意外と少ないんです。少ないというより、認めたくない！　そうやって認めたくない人ほど、たぶん、スーラなんですよ（笑）。

一般の目から見れば、三谷さんは天才肌のゴッホタイプに見えますが、演じていると、このスーラに自分をなぞらえて執筆しているのでは？と、伝わってきました。

Q9. 稽古場、劇場、私生活などで、三谷さんについて「これはおかしい（悲しい、腹立たしい……）」というエピソードがあれば、教えてください。

三谷さんもエッセイに書いていましたが、本当にね、稽古場にワンちゃんを連れてくるんですよ。ものすごくシリアスな芝居をしていたら、ワンちゃんがふ～っと近づいてきたりとか。僕は犬が大好きなので、全然かまわないんですけど……。でも、演出家って普通、犬を放さないじゃないですか、稽古場に（笑）。

何か意図があって、犬を放しているのか？？？　そんなに深読みする必要はないんだけれども、何か策略があるのかって思わせるところが、彼にはありますね。

Q10. 最後に、三谷さんに一言お願いします。

僕ら役者が芝居をすると、「いいね」と言われる時と「何、あれ」と言われる時が絶対にある。作家もまったく同じでしょう。人間ならば、「何、あれ」と言われることのほうが確実に多いと思うんです。

三谷幸喜が作品を書き続け、舞台にのせ続けていってくれることが、同級生としての望みだし、そして、どんどん失敗もしていってもらいたいなあと（笑）。野球で言うなら、手堅く塁に出ることだけを考えるのではなく、ホームランか三振か、のほうがおもしろいので。

三谷の一言

小声でダメ出しするのは、他の役者に聞かせたくないから。だってその方が相手役はリアルに反応出来るでしょ。男優より女優さんと気軽に話せるのは確かです。だってその方が楽しいから。

「〝居合〟を見せ合うような感覚」——生瀬勝久さんの場合

一九六〇年生まれ。兵庫県出身。

劇団「そとばこまち」座長を経て、舞台にテレビドラマに映画にと、幅広く活躍する。主な舞台作品に「ローゼンクランツとギルデンスターンは死んだ」、「七人ぐらいの兵士」（作・主演）、「JOKER」（作・出演）、「鈍獣」、「橋を渡ったら泣け」（演出）など。

「TRICK」シリーズ（テレビ朝日系）「ごくせん」シリーズ「14才の母」（ともに日本テレビ系）「功名が辻」（NHK）など数々のテレビドラマのほか、「サラリーマンNEO」（NHK）などコントバラエティー番組でも活躍。

三谷作品には、本作のほか、舞台「バッド・ニュース☆グッド・タイミング」（二〇〇一年）「12人の優しい日本人」（〇五年）、テレビドラマ「新選組！」（〇四年、NHK）、映画「THE有頂天ホテル」（〇六年）に出演している。

Q1．三谷さんと初めて出会ったのは、いつですか？　初対面の印象は？

「3番テーブルの客」（一九九六年、フジテレビ系）っていう深夜のドラマがあったんですよ。三谷さんが書いたひとつの台本を、何人ものいろんな監督さんが演出し、映像化するというドラマ。その第一回の主人公がボクなんですよ。監督は河野圭太さんだったかな。三谷さんご本人にはお会いしてないと思うんですけど、三谷作品に関してては、それがファーストコンタクトだと思います。

で、ボクが三谷さんを〝生で見た〟っていうのは、三谷さんが書いて、古田（新太）くんや西村（雅彦）さんが出てた「ヴァンプショウ」（一九九二年）というお芝居を、新宿のスペース・ゼロへ観に行った時。三谷さんのお芝居を観るのは、たぶん、それが初めてだったんですけど、そこに三谷さんが出演してたんですよ。「おもしろい方だな」と思いました、役者としてもね。

まあ、ほんとにチョイ役だったからおもしろかったんですけど。長いこと芝居やって、それが役者顔負けにおもしろかったら困りますから（笑）。でも、やっぱり、そういうところでも印象深かったですね、〝生〟の印象として。

実際に顔を合わせて、お話をしたのは、舞台「バッド・ニュース☆グッド・タイミング」（二〇〇一年）に出演した時が初めてだと思います。

Q2. その後、どんなおつきあいがありますか？

なんか、あんまり仲良くなりたくないんですよ。三谷さんの才能はすごいなってボクは思っているので。微妙な感覚なんですけど、ちょっと線を引いてつきあいたいという。本当に仲良くなっていろんなことを知っちゃって、嫌いになるのがもったいないっていうか。あるじゃないですか、知らなくていいところにまで踏み込んでしまうことが。ずっと仕事をしていきたいので、ちょっと距離をおいていたいですね。

おつきあいとしては、時々、電話がかかってきたり、かけたりもするんですけどね。三谷さんって、けっこう、いろんな方にメールを送ったり、メッセージを残したりしてるらしいんです。三谷さんからの留守電メッセージは、例えば、ボクがちらっと出ていたバラエティー番組について、「この間のは、ちょっとおもしろくなかったですね」とか「あれは……。ちょっと、どうなんでしょう」とか。

べつに用件ではなくて、ああ、今、台本書いてて煮詰まってるのかなってね。それでボクがかけ直して、気分転換のお話をするというふうな感じだとボクは思っているんですけどね。ほどよい距離……これくらいだと、会った時にいつも新鮮でいられる。

Q3. つきあいが長くなる中でイメージは変わりましたか?

やっぱり、普通には話してくれない、っていう印象ですよね。いろんなことを考えていて、自分がしゃべることが、どれだけみんなに影響を与えるかっていうことを意識しながらしゃべってる。何かおもしろいウイットに富んだことをしゃべらなきゃっていう責任感みたいなものを、三谷さんには感じてしまうんです。

だから、こっちも構えて話しちゃう。腹を割ってとか、そういう会話には絶対にならないですね、それは今でも。

お互いに構えて、〝居合〟を見せ合うような感覚ですか。ムダな言葉をなるべく少なく、何かを含んだしゃべり方。ストレートじゃないです。さらに、他人に聞かせてもおもしろいような会話にしなきゃという緊張感がある。だから、疲れるっ! 気の利いたことをしゃべらないと、と思ってしまうので。まあ、三谷さんは、どう思っているのかわかりませんし、誰に対してもそうなのかもしれないですね。

ボクには、そうやって構えてしまう人が他にも何人かいます。他愛のないムダ話を、どれだけおもしろい会話にするか、ネタを厳選してしゃべらなくてはいけない人たちです。堤幸彦監督、古田(新太)クンもそうですね。そういう人たちとしゃべるのは、大変だけど、でも、楽しい。

三谷さんのポーカーフェイスの持っていき方がね、すごくおもしろいんですよ。笑わないぞ、っていうスタンスでいるから。でも三谷さんは、本当に笑った時と愛想笑いの時っていうのが、わりとわかる。だから、三谷さんを笑わせるっていうのが、自分としては、ちょっとしたテストみたいな感じですね。

Q4. 三谷作品に出演して楽しいことはなんですか?

舞台は特にですけど、ここでこういうふうにお客さんを笑わせたい、と思っているところが、計算どおりに、本当にうまく当たるっていうか。突拍子もない演出ではないんですよね。ものすごくオーソドックスな演出なんです、わかりやすくて。大げさになるだけじゃなくて、やりすぎないようにする手綱の引き方がうまいのかなあ。

難しい台詞は全然ないじゃないですか。突拍子のないアイデアでみんながついてこられない笑いではない。ナンセンスもない。たいていの人が理解できるんですよ、年配の方でも。かといってベタじゃない。それがすごい。絶妙ですよねえ、うまいなあ。

台本を読んだ時に一瞬、「オレにも書けんじゃないか?」と思うんですよ。だって、難しいことが何にもなく、こんなこと思いつきもしなかった！というわけでもない。それをうまく展開させるっていうのは、誰だって見慣れている日常を、そう、〝ありふれた生活〟を、どうやっておもしろく見ているか、っていうことなんですよね。なんで、その才能が三谷さんだけにあるんだろう——ってね。

「書けんじゃないか？」と思わせるけれど、実際には書けない。人にそういうことを思わせるのは、やっぱりすごいなってことなんですけどね。

三谷さんの作品は、本当に楽しい。人を差別したりとか、下品なことも出てこないし。ボク自身がそのへんに関しては、ちょっと苦手なので。それに、人間はこう生きなきゃいけないとか、説教くさい部分もないですしね。

Q5. 三谷作品に出演して苦しいこと（イヤなこと）は？

苦しいことは……ない。イヤなことも、ホント、ないですねえ。

ただ、三谷作品って、俳優の力や俳優が担う部分というのが——もちろん要るんですけど——台本に書かれた役になり切れば、もう結果がついてくる、みたいなところがあるので、自分がやったからっていう達成感があんまりないんです（笑）。

役者にとっては、ちょっとねえ。オレじゃなくても、たぶん、これはおもしろいだろうなっていうふうに思ってしまうぐらい、台本がおもしろいですからね。

Q6. 稽古場での「演出家・三谷幸喜」は、出演者から見てどんな印象ですか？

お互いに構えた状態でしか話せない三谷さんとボクが、唯一、普通にコミュニケーションがとれるのが稽古場なんです。三谷さんから、お芝居の演出を受けてる時だけですね、おもしろさを狙わないちゃんとした会話になるのは。三谷さんの要求と、ボクの質問っていう〝正直な〟会話。

ものすごく事務的な伝達なんですよ。「生瀬さん、こっちから、こう動いて」とか「そこは、もっとやってください」とか「やりすぎです」とか。

演出の仕方はオーソドックスです。作者ですからね。キャストも決まって書いてますし、書いている時からイメージして、頭の中で動かしてるから、目標地点がはっきりしてる。全然、探り探りではない演出なんです。探っているのはたぶん、自分のイメージと役者が違ってた時に、こういう動きしかできない人をどうやって自分のイメージに当てはめるか、そういう苦悩でしょうね。

ずいぶん悩んで書き込んであるので、その場で新しいアイデアが、というのは滅多にないんですけど、時々、ふっと、「これをやりましょう」というのが出てくるんですよ。台本には書けない、現場で作った演出っていうのが。それが出てきた時のノッてきた三谷さんっていうのは、おもしろいですね。

稽古で役者が実際に立って、その画《え》を見ながら出てきたアイデアというのは、確実にウケますよね。そのノッてきた三谷さんを見てると、ああ、なんか役に立ったんだろうなあと。ボクは役者で出てる時には、演出家が喜ぶ姿が見たいっていうのが、まず第一にあるので。

Q7.「人間・三谷幸喜」は?

「ヘンジン」ですよぉ。ご本人もたぶん、変人だと言われるのがうれしいんじゃないでしょうかね。ボクらでも、そうですもん。やっぱり、こういう世界にいる人間というのは、変人と言われるのがリスペクトみたいなところがあって、人と違う考え方をし、違う行動をとってこそ初めて、オリジナリティーみたいなところがある。

だから三谷さんは、「大ヘンジン」ですよ。それでいいんですもん。別に誰にも合わせなくてもいいし。もちろん締め切りは守ってほしいんですけど、そうはいっても、みんなを待たせるだけのものを持っているんですもん。

ちょっと非常識なところもありますしね。例えば、打ち上げとかで、「ひとことご挨拶を」が絶対にいただけない。スピーチさせられそうになったら、もう来ない。別の人がつまらない挨拶をしているのも聞きたくないんでしょうね。スピーチというのは、おもしろいことをしゃべることだから、という考えで。

三谷さんからそう聞いたことはないけど、ボクも同じ考え。乾杯の挨拶って、だいたい退屈でしょう？　形式でやってるだけで。でも、ボクは一応、日本の社会人なので、打ち上げにも出るし、スピーチもします。それを、本当に来ない三谷さんっていうのは、すごいなあと思うんです。天才肌なので、凡人の常識で測ってはいけないんですけどね。

あとね、ズボンの左だか右だかのヒザ、必ず同じ側のヒザが破けちゃうんですって、コケて。コケると、必ず同じ側のヒザを地面につくらしい。……おかしい。大人は普通、ズボンのヒザは破りません。そういうところがおかしい。いくら、いい台本を書いたとしても、ヒザが破れるのはおかしい！

Q8. もし「コンフィダント・絆」に三谷さんが出演するとしたら、どの役がいいと思いますか？

やっぱり、ボクが演じた役、ゴッホをやってほしいですね。天才って言われたんだけど、人間的にはダメな人だったという。まさに三谷さんじゃないかなと思うんですけどね。

ゴッホもだけど、三谷さんもやっぱりチャーミングですよ。モテると思いますね、きっと。だって、才能があってエラそうにしてたって、そうやってヒザが破けてたら母性本能をくすぐるじゃないですか。なんか、かまってあげたくなる。

ボクの演じたゴッホは、ちょっと計算して人に甘えてる部分があるんですけど、三谷さんは計算ではないですね。でも、なんとなく似てるんじゃないかなと思います。

Q9. 稽古場、劇場、私生活などで、三谷さんについて「これはおかしい（悲しい、腹立たしい……）」というエピソードがあれば、教えてください。

おもしろかったのは、インフルエンザの予防接種を受けたら、本当にインフルエンザになっちゃったって話。すごいでしょ。注射した後に、スポーツクラブに行って運動しちゃったから、らしい。いちばん、やっちゃいけないことでしょう。社会生活においては、バランスのとれていない人なんですよねえ。

Q10. 最後に、三谷さんに一言お願いします。

年に一本ぐらいはずっと関わりたいんです、というぐらい、こっちからラブコールを送りたいんですけど、それも悔しいしね。

悔しいけど本当にやりたいので、三谷さん、また何か新しいことをやられる時にはご一緒させてくださいっていう、ありきたりの……。作家と役者っていう立場ではね、どうしても、お願いしかないじゃないですか！　でも、なんか、お願いして出るのもな……。

とりあえずボク、他のところで頑張りますんで、それを判断材料にしてください。ボクの動向を見ててください、と強気で言ってみます。ダメだなと思ったら言ってください。その時は、ちゃんと謝りに行きますから。体調がすぐれなかったとか、言い訳をしに行きます。

基本的に、ボク自身がコメディーが好きなのでね。三谷さんがよく言ってる、劇場で大笑いしたのに帰る時には何にもおぼえてなかった、笑って笑って、結局、何だったんだ!?っていうような、何にも残らないっていうのが最高のコメディーだっていうその理想像は、本当にステキだなって思うんですよ。

あと、「あのおもしろさはね……」って、口ではうまく説明できないおもしろさ。「とにかく観て」としか言えないおもしろさって、すごいじゃないですか。

結局、印象に残るのって、ちょっとほろりとするシーンだったりするんですよ。でも、いちばん力を入れているのは、残りの九〇パーセントの笑いの部分。そのすごさですよね。三谷さんには、ずっとそれを目指してほしいですね。

三谷の一言

生瀬さんは、僕が本当に笑った時と愛想笑いの区別がつくと言うけれど、それは大きな間違いです。なぜなら、僕は彼の前では本気で笑ったことがないからです。

あとがき

朝日新聞に連載されている「ありふれた生活」は既に八年目に入り、単行本も今回で六冊となった。こんなに長く続くとは正直思っていなかった。すべては読者の皆さんのお陰。もちろん、いつも締め切りを忘れてしまう僕に、「原稿明日までにお願いします」「ゲラの直しは明日の夕方までです」とまめに催促してくれる編集者の方にも感謝しています。それにしても毎週のことなのに、そしてこんなに長くやっているというのに、どうして未だに習慣として根付いていないのか。自分が嫌になる。

この連載を始めた時、自分がテレビの人間なのか、舞台の人間なのかよく分からない、と書いた。今もその状況はまったく変わっていない。それどころか、これまでは四年に一本のペースで、たまに貰えるご褒美のような存在だった「映画監督」という仕事が、次第に自分の中で大きなポジションを占め始めており、最近は舞台とテレビと映画と、三つの世界を行き来するようになっている。
今回、収録されている文章を書いていた時は、主に舞台の仕事が中心だった。そしてこのあとがきを書いている今（二〇〇八年二月）は、映画の仕上げの真っ最中である。完全に監督モードだ。そして四本目の映画が完成した後は、しばらくテレビの世界へ戻ることになっている。誠にありがたいことではあるのだが、自分が何者なのかという問題は、さらに混迷度を増している。

今から二十年ほど前、まだ劇団をやっていた頃に、占い師さんに見てもらったことがあった。ちょうどテレビの仕事が忙しくなってきた時期だった。「自分は将来、テレビと舞台、どっちの道に進めばいいのでしょうか」と尋ねると、親戚のおばさんのような風体のその占い師はこう言った。「それは、……おのずと答えが出るでしょう」。そんな答えがあるだろうか。そりゃなんだって、おのずと答えは出るだろう。世の中でおのずと答えが出ないものなんてあるのか。いつかは出るけど、それを少しでも早く知りたいから、人は占いに頼るのではないか。
そして未だに、その答えは出ていない。

もう一つの僕の顔に「テレビに出る人」というのがある。自分としてはタレント性は欠如しているし、役者としても大根もいいところ。そもそも人前に出るようなビジュアルではないと思っているのだが、そんな自分でもいいという人たちがたまにいて、話を振ってくれる。そういう時は、それが僕の力量の範囲内であることを確認した上で、「経験」として出演させて貰うようにしている。大河ドラマにも出たし、CMもやったし、市川崑監督の映画にも出た。結果的に、仕事を振ってくれた人が満足したかどうかは不明だが、自分としては、どれも得がたい経験で、やって良かったと思っている。ただし、妻は僕が役者まがいのことをすると、とても嫌がる。妻自身が俳優の仕事をしているので（そして彼女は極めて才能のある俳優さんである）、僕に遊び感覚でやられるのが、きっと嫌なのだろう。それだけは申し訳ないと思っている。「役者気取り」とは、僕がテレビに出ていると、彼女が必ずつぶやく言葉。今回は、自戒を込めてそれをタイトルとさせて頂きました。

本書収載期間の仕事データ

●舞台「「アパッチ砦の攻防」より　戸惑いの日曜日」
二〇〇六年八月三十一日～九月十日、サンシャイン劇場（東京・池袋）
九月十二日～十四日、ウェルシティ大阪厚生年金会館芸術ホール（大阪・西区）
九月十六日～十八日、中日劇場（愛知・名古屋）
主催／ニッポン放送、読売新聞東京本社、サンシャイン劇場、キョードー東京
脚本／三谷幸喜
演出／佐藤B作
出演／佐藤B作、西郷輝彦、あめくみちこ、細川ふみえ、中澤裕子、小林十市、小島慶四郎ほか

●舞台　東京ヴォードヴィルショー「エキストラ」
二〇〇六年十一月十日～二十九日、紀伊國屋サザンシアター（東京・新宿）
主催／（有）東京ヴォードヴィルショー、日本テレビ
作・演出／三谷幸喜
出演／佐藤B作、佐渡稔、石井愃一、市川勇、伊東四朗、角野卓造、はしのえみほか

●舞台　「コンフィダント・絆」
二〇〇七年四月七日～五月六日、パルコ劇場（東京・渋谷）
五月十日～三十一日、ＯＳＡＫＡ◆イオン化粧品　シアターＢＲＡＶＡ！（大阪・中央区）
企画・製作／株式会社パルコ
作・演出／三谷幸喜
出演／中井貴一、寺脇康文、相島一之、堀内敬子、生瀬勝久

初出・朝日新聞二〇〇六年四月十二日～二〇〇七年三月二十八日

三谷幸喜（みたに・こうき）
一九六一年生まれ。脚本家。おもな舞台作品に「12人の優しい日本人」「笑の大学」「オケピ！」「コンフィダント・絆」「恐れを知らぬ川上音二郎一座」、テレビ作品に「古畑任三郎」「新選組！」など、映画監督作品に「ラヂオの時間」「みんなのいえ」「THE有頂天ホテル」がある。また、おもな著書に『オンリー・ミー』『気まずい二人』『三谷幸喜のありふれた生活』『三谷幸喜のありふれた生活2　怒涛の厄年』『三谷幸喜のありふれた生活3　大河な日日』『三谷幸喜のありふれた生活4　冷や汗の向こう側』『三谷幸喜のありふれた生活5　有頂天時代』、和田誠との共著に『それはまた別の話』『これもまた別の話』がある。

三谷《みたに》幸喜《こうき》のありふれた生活《せいかつ》6
役者《やくしゃ》気取《きど》り

二〇〇八年三月三〇日　第一刷発行

著　者　三谷幸喜
発行者　矢部万紀子
発行所　朝日新聞社
編集・書籍編集部　販売・出版販売部
〒一〇四―八〇一一　東京都中央区築地五―三―二
電話・〇三―三五四五―〇一三一（代表）
振替　〇〇一九〇―〇―一五五四一四

印刷所　図書印刷

ISBN978-4-02-250324-4
定価はカバーに表示してあります

三谷幸喜の本

三谷幸喜のありふれた生活

女優の妻&2匹の猫&愛犬とびとの暮らし、松たか子、真田広之、ビリー・ワイルダーなど一流の人たちとの出会い……。人気脚本家の素顔が満載。

四六判

三谷幸喜のありふれた生活2　怒涛の厄年

本番直前の主役交代、元気な母の入院、大学時代からの友の死……。人気脚本家はいかに厄年をのりきったか、笑いと涙の奮戦記。

四六判

三谷幸喜のありふれた生活3　大河な日日

「オケピ！」の大成功、大河ドラマ「新選組！」、愛犬とびと愛猫ホイ……。非凡な脚本家の愉快な毎日。香取慎吾との特別対談つき。

四六判

三谷幸喜のありふれた生活4　冷や汗の向こう側

結婚指輪を紛失!?　腰の激痛で「新選組！」の脚本を降板!?　ハプニングつづきの大好評連載第4弾！　和田誠×清水ミチコの特別対談つき。

四六判

三谷幸喜のありふれた生活5　有頂天時代

古畑との別れ、新作映画を監督、大河ドラマ出演……。幾多の試練を乗り越えてますます好調！　交流のある俳優たちの横顔を描いた文章も収録。　四六判

朝日新聞社の本

重松　清

ブランケット・キャッツ

「いま」を生きる人の孤独と猫のしなやかさ……。馴染んだ毛布とともにレンタルされる猫たちをめぐる七つの心温まる物語。

四六判

落合恵子

母に歌う子守唄　その後

七年間の介護ののちに、溢れる花に囲まれて逝った母。美談ではない介護の日々を支える知恵の言葉。東京新聞大好評連載の単行本化第二弾。

四六判

桂米朝

米朝よもやま噺

落語界の人間国宝が語る、芸・人・時代。上方落語を復興させた著者の思い出話や裏話が、ざっくばらんな独特の語り口で味わえる。

四六判

ホン・ソクチュ著／米津篤八訳

朱蒙《チュモン》　上・中・下

大人気韓国ドラマ「朱蒙」公式ノベライズ。日本人の知らない歴史がここにある！　高句麗の始祖・朱蒙の生涯をたどる歴史ロマン。全三巻。

四六判